VICTORY NOVELS

帝国時空大海戦

❷ 全面戦争突入!

羅門祐人

電波社

この作品はフィクションであり、登場する国家、団体、人物などは、
現実の国家、団体、人物とは一切関係ありません。

帝国時空大海戦(2)——もくじ

全面戦争突入！

第一章　機甲師団、動く！

一

一九四二年（昭和一七年）七月　極東

七月二一日早朝、日本海……。

「長官！　日本政府がソ連に対して宣戦布告しました。同時に、統合軍総司令部から北極作戦の開始命令が出ました‼」

第四空母艦隊司令長官に抜擢された山口多聞《やまぐちたもん》は、午前三時に空母隼鷹《じゅんよう》の艦橋に上がり、今か今かと命令を待っていた。

事の発端は、今月一五日の朝にさかのぼる。

モンゴル軍が突如として満蒙国境を越え、満州北西部にある満州里《まんしゅうり》へ侵攻してきたのだ。

騎馬部隊を先陣としたモンゴル軍は、治安維持目的の満州軍警備隊しかいない満州里市街地を、ほんの半日足らずで制圧してしまった。

そして一九日に至るまで、満州里市街地に居座りつづけている。

しかし現時点では、まだ国境紛争の域を出ていない。

なぜならモンゴル政府は以前から、『満州里一帯は歴史的にみてモンゴルの領土である。そのため、これは歴史的事実に基づく領土回復にすぎない』とくり返してきたからだ。当然、ソ連はだんまりを決め込んでいる。

満州政府は、ただちにモンゴル政府へ釈明を求めた。

モンゴル側が領土紛争と主張するかぎり、日本は手を出せない。

それがわかりきっているため、モンゴル側も主張をくり返すばかりで、貴重な四日間が過ぎてしまったのだ。

だが日本はすでに、ソ連がモンゴルの背後にいる証拠を掴んでいる。

あとは連合国がぐうの音も出ないほどの証拠を突きつけ、第三国にも非はソ連にあると納得できるだけの証拠を提出する。

それが達成されない限り、日本は満州国へ肩入れできないのである。

日本がソ連と戦うためには、満州国と結んだ日満安保条約の共同参戦条件を満たさなければならない。

まず満州国が自国領を侵略されている事実を確認し、自国軍のみでは対処不能と判断した場合、日本に対し共同参戦を求めることになる。

共同参戦を要請された日本は、事実確認と共同参戦条件を満たしているか判断した上で、臨時の御前会議を開催して参戦するか否かを決定する。

参戦が決定したら、速やかに侵略国に対し『日満安保条約に基づく宣戦布告』を行ない、両国が戦争状態に突入したことを告知する。

これでようやく、ソ連とモンゴル軍、さらにはソ連およびモンゴル領内への侵攻およびに戦争行為が可能になるのだ。

いま山口多聞に届いた知らせは、それら一連の手続きが終了したことを意味している。まさに戦争開始の合図だった。


「おう、待ってたぞ！」

現在位置は日本海の西北海上——ウラジオストク南方一四〇キロ地点。

排他的経済水域の概念がない昭和世界では、ここは万国が利用できる公海だ。

多聞の艦隊は、『独立支援艦隊』という作戦艦隊名を授けられた上で、これまでじっと公海上で訓練するフリをしつつ待機していた。

当然、ウラジオストクのソ連軍には察知されているはずだが、両国がまだ戦争状態になかったため、公海で何をしようと文句を言われる筋合いはない。

だが、それもここまでの話だ。

「よーし航空隊、発艦開始だ！　あ……発艦中の空母を守るため、対空駆逐艦と直衛軽巡をのぞく全艦は、ただちに対潜駆逐行動を実施しろ‼」

どことなく子供っぽい風貌ながら、口から飛び出る言葉は苛烈《かれつ》の一言。

なにしろ帝国海軍において、『鬼多聞』『人殺し多聞』と恐れられている男である。

あだ名の原因は、とことんまで部下を訓練しまくることにある。

そのため過去に何名もの殉職者を出したほどだ。

しかし部下に恨まれるどころか妙に愛されている。

すべては多聞の人柄の良さによるところだろう。

「航空隊、発艦！」

航空参謀の発令にしたがい、全空母から半数の航空機が発艦していく。

まだ夜が明けたばかりだ。

太陽すら昇っていない。

だが早朝の出撃は、日本海軍がもっとも得意とする戦術である。

これまで血を吐くほどの猛訓練をしてきた成果が、いま試されようとしていた。

＊

午前五時八分……。

航空攻撃隊は、一四〇キロという短すぎる距離を踏破したのち、いくつかの集団に分かれはじめた。

護衛空母『海雀《かいじやく》／沖雀《ちゆうじやく》／風雀《ふうじやく》／雲雀《うんじやく》』の九五式艦戦／九六式艦爆『彗星《すいせい》』／九六式艦攻『流星《りゆうせい》』は三個の混成分隊となり、脇目もふらずウラジオストク周辺にある三ヵ所の敵飛行場へ飛んでいく。

まず彼らが滑走路破壊爆弾（滑走路用のクラスター爆弾）を使って、ソ連戦闘機の迎撃を止めなければ、その後の作戦が始まらないからだ。

『みんな、間違えるな！　滑走路破壊は緩降下だからな‼』

海雀爆撃隊兼第三攻撃隊長、早見清二《はやみせいじ》大尉の声が聞こえた。

九六式航空無線電話は、いまとなっては旧型だが、それでもしっかり役目を果たしている。

「緩降下を開始する。武田《たけだ》、あれこれ確認を頼んだぞ」

海雀艦爆隊の第一編隊二番機をあずかる雪野惟春《うんのただはる》一等飛曹は、背中合わせの後部座席にいる武田道造《みちぞう》一等兵に声をかけた。

「了解！」

武田の元気一杯の声が返ってくる。

同時に操縦桿をゆっくりと前に倒す。

急降下と違って、その他の操作はしない。

「三番機、我が機に続き緩降下を開始しました」

さっそく武田が、後方の様子を伝えてきた。

高度八〇〇メートル。

艦爆の降下開始高度としては異例の低さだ。

しかし、それには意味がある。

眼下に広がるルースキー陸軍飛行場は、ウラジオストクの南にある島――ルースキー島に設営されている基地だ。

そこにある対空装備の大半は八センチ対空砲であり、その数も八基と極めて少ないことが、事前のスパイによる報告でわかっていた。

対空砲弾の起爆高度は三〇〇〇メートル前後と推測した山口多聞と艦隊参謀部は、いっそ低空で侵入して、さっさと爆撃を終了させる戦術を選択したのである。

「目標、滑走路ド真ん中！　撃《て》いっ!!」

一本しかない滑走路の南端から侵入し、高度六〇メートルで大きな滑走路破砕爆弾を切り放す。

爆弾は三〇メートルの高度で分解、内部にある三〇個もの弾子をばらまいた。

――チュドドドドッ！

音は聞こえないはずなのに、確かにそう聞こえた気がする。

「八割が滑走路上で炸裂！　命中です!!」

個々の弾子は、非舗装滑走路なら直径一・五メートル深さ九〇センチの穴、舗装済みなら直径一メートル深さ五〇センチの浅い穴を穿《うが》つにすぎない。

それが三〇箇所あったところで、熟練の工兵なら一日かけずに補修できるだろう。

しかし、それでいい。

あくまで滑走路破砕爆弾の目的は、ごく短期間の確実な使用不可を狙ったものだからだ。

他の航空攻撃隊がウラジオストクを攻撃する間だけ、敵の迎撃機を足止めできればいい。それだけのための爆弾なのである。

「帰りの駄賃に、地上の敵機を銃撃するぞ」

「了解。さっさと終わらせましょう！」

爆撃態勢から愛機を離脱させた雪野は、そのまま滑走路脇に駐機している敵戦闘機の列にむかって突入した。

——ダダダダッ！

両翼の九五式一二・七ミリ機関砲二門が、やや遅い発射速度で火を吹く。

九五式は短砲身のため射程が短く、初速も遅い。それでも七・七ミリ機銃とは段違いの破壊力のため、あえて採用された経緯がある。

これが新型の二式艦爆『極星《きよくせい》』になると、長砲身の零式一二・七ミリ機関砲に更新されているから、さらに破壊力が増している。

しかし九五式であっても、地上の動かない敵戦闘機相手なら充分だった。

「四機破壊です！　一機、射ち漏らしました‼」

「チッ……」

目標とした五機すべてを破壊したと思った雪野は、おもわず舌打ちしてしまった。

だがすぐに、後続機がかならず破壊してくれると思い直す。

出撃前の長官訓辞で、山口多聞長官がこう言った。

『ひとりで戦争するな。戦友たちを信じるのだ。それが最良の戦果に繋がる』

多聞が行なう猛訓練は、徹頭徹尾、集団の力を極大にまで拡大するものだった。

それを思いだした雪野は、すこし恥じたような表情を浮かべた。

「まあいい……それじゃ集合地点に向かうぞ！」

任務を終えたら、さっさと帰る。

雪野たちの戦闘は、これで終わりとなった。

滑走路破壊を任務とする第三攻撃隊以外の第一／第二攻撃隊は、滑走路破壊完了の無線報告を受け、ようやくルースキー島南方海上から北へ向かいはじめた。

洋上で待機するなど悠長に思えるが、もともと一四〇キロしか飛んでいないから燃料は余っている。ようは最も安全な策を実施したのである。

第一攻撃隊は、正規空母『隼鷹／飛鷹《ひよう》』の艦上機で構成されている。

攻撃目標はウラジオストク湾内の艦船とドックや船台、燃料タンク。

第二攻撃隊は軽空母『天燕《てんえん》／海燕《かいえん》』の艦上機で、ソ連海軍の太平洋艦隊司令部やウラジオストクを守備する陸軍基地が目標だ。

いずれの目標も、第一次航空攻撃で破壊不十分と判断すれば、今日中に第三次攻撃まで予定されている。

その後、夜間は沖に退避。

明日の朝に滑走路破壊と第四次攻撃。その後は、朝鮮半島と満州から進撃してくる味方陸軍部隊の航空支援任務となる。

つまり多聞の部隊は、ウラジオストクが完全制圧されるまで、ずっと日本海に居座り攻撃を続けるのである。

当然、爆弾や燃料その他の物資が不足してくるが、そこは日本の庭の海、絶えず補給船が物資を供給してくれることになっていた。

＊

早朝のウラジオストク中心部――。

いつもは静かな場所なのに、いまは激しい爆煙と無数の悲鳴が巻きおこっている。

「退避しろーッ！　はやく地下壕へ‼　ぐずぐずしてると殺られるぞ‼」

ウラジオストク市街に切り込むように入りこんだ湾の北側……。

ニコライ二世凱旋門の近くに、ソ連海軍の太平洋における牙城——太平洋艦隊司令部がある。

いや、あった。

なかなか風情のある建物だったが、いまはもう完全に瓦礫《がれき》の山だ。

以前は正面玄関だった場所で叫んでいるのは、司令部に勤務する情報武官だった。

——キィーン！

甲高い金属質のサイレン音。

悲鳴にも聞こえるソレを巻き散らしながら、海軍の一式艦上襲撃機『雷電』が急降下してくる（ちなみに令和世界にあった局地戦闘機『雷電《らいでん》』とは完全に別物）。

一式艦上襲撃機は、正規空母『飛鷹』に一個襲撃隊（一〇機）が編成されている。

むろん日本海軍初の試みであり、世界でも類を見ない画期的な飛行隊である。

今回の作戦で効果が認められれば、各機動艦隊に最低一個飛行隊が配備される予定になっているが、彼らは対地攻撃の専門家のため、作戦によっては別機種の飛行隊と入れ代わることになるだろう。

サイレンによる耳障りな音は、ドイツの爆撃機ストゥーカを真似たものだ。

もちろん意図的に発生させている。これは陸軍一式双発対地攻撃機『天撃《てんげき》』／陸軍一式対地攻撃機『電撃《でんげき》』も同じ設計になっている。

正体を明かすことで恐怖を与える。

これは残念ながらドイツ軍が先に開発した手法だが、こと都市攻撃や陣地攻撃など、敵が逃げるに逃げられない戦場では効果てきめんである。

そして日本には、有用なものなら真似することを厭《いと》わない鳴神武人《なるかみたけと》がいる。

これはもう、採用されるべくして採用されたようなものだった。

――ドドン！

二回の野太い射撃音が聞こえた。

一瞬で、軍用自動車が大穴を開けられて火だるまになる。

銃爆撃が集中している玄関前から、慌てて逃げようとしたらしい。

九五式三〇ミリ同軸機関砲に狙われたら、もう逃れるすべはない。

なにしろT‐34の砲塔上面装甲すら撃ちぬく威力なのだ。装甲皆無の軍用自動車など、当たれば原型を留めないほど爆砕されてしまう。

「おい！　そこの、早く逃げ……」

――パパパパパパッ！

大きな爆竹が爆ぜるのにそっくりな音がして、叫びかけた武官の周囲に無数の火花が散った。

これは地獄のもたらす死の花火だ。


艦上襲撃機に搭載されている二〇〇キロクラスター爆弾が、ほんの二〇メートルほど上空で、六〇個もの爆裂弾子（子爆弾）をばらまいたのである。

一個一個が対戦車手榴弾ほどの威力があるから、人間などひとたまりもない。

叫んでいた武官の姿も一瞬で血しぶきと化す。

火花が消えたあとには、地面の血だまりと細かな肉片以外、跡形もなかった。

さらに凶悪なのが、一式艦襲に搭載可能な二個の四〇〇キロ爆弾だ。

この爆弾は胴体下に二個縦列に搭載できるが、これを搭載すると他の爆装は行なえないのが欠点となっている。

つまり、どうしても必要な場面でのみ使用される重破壊爆弾である。

それは強固なコンクリート製の建物や地下壕を

破壊しなければならない場合だ。

なんとこの四〇〇キロ爆弾は、バンカーバスター構造を持つ貫通爆弾なのである。

通常の爆撃なら、翼下に搭載可能な八〇キロ爆弾で事足りる。それで破壊できない大型目標なら、艦爆や艦攻が搭載している大型徹甲爆弾に頼ればいい。

艦上襲撃機や対地攻撃機は、彼らにしかできない破壊を行なうため開発されたのだ。

他の機種では対応できない、最後に残った難敵を潰す役目を担わされているのである。

「味方の……味方の航空隊は、何をしている……」

片腕を吹き飛ばされた兵士が、座り込んだまま恨めしそうに天を見上げている。

だが、ソ連軍の航空機が支援に駆けつけることはない。

ウラジオストク周辺に三ヵ所ある滑走路は、真っ先に艦爆／艦攻隊により破壊されているからだ。

どれだけ優秀な戦闘機を持っていようと、滑走路が使えなければ飛びたてない。

いや……ソ連の航空機は、お世辞にも優秀とは言えない。

たとえ飛びたてても、九五式艦戦『駿風《しゅんぷう》』の前には無力をさらすだけだ。

「ウラジオストクが死んでいく……」

なんら対抗する手段もなく、ただただ蹂躙《じゅうりん》されるがままの基地を見て、誰かの口から印象的な言葉が漏れ出てきた。

そもそもウラジオストクという名は、ロシア語で『極東を制圧せよ』という意味だ。

なのに今……。

制圧されているのは自分たちであった。

二

七月二〇日　満州西北部

日本海軍の空母部隊が、ウラジオストクを攻撃する一日前……。

場所は満州里。

満州里はソ連とモンゴルの国境に面した町だ。

国境線の北側すぐにソ連領のザバイカリスクの町があり、西五〇キロにはモンゴルとの国境線が南北に延びている。

いずれも人工的に引かれた国境線のため、なにもない荒野に一直線に引かれている。

モンゴル側はまったくの荒野で、町らしい町にたどり着くまで、さらに西へ一六〇キロも移動しなければならない。


そして満州里の市街地は、いまやモンゴル軍に支配されている。

すべては今月の一五日に始まった、ソ連とモンゴル混成軍《スメシヤナヤ・ザバイカル》による国家規模の侵略が原因である。

満州里の市街地中心部から東へ一二キロ地点——。

ちょうどジャライノール炭田の西門直前にある場所に、日本陸軍の第一七師団が構築したジャライノール第三遅滞陣地がある。

満州里を防衛する日本軍は、いわゆる進駐軍だ。日満安保条約に基づき、満州帝国の許諾を得て土地を借用、そこに駐屯地を設営している。

ただし日本軍部隊は、国境の町『満州里』を守るためにいるわけではない。

駐屯目的は、日本国内への優先輸出権のある巨大炭田——ジャライノール炭田を守るためだ（第一七師団司令部は、ずっと東へ行った呼倫貝爾市《フルンボイル》の中心部にある満州陸軍の基幹基地に、間借りするかたちで設置している)。

なにしろ東西五キロ・南北六キロにもおよぶ、巨大な露天掘りの炭田である。

周辺には手付かずの炭田がいくつもあるし、近くには銅とモリブデンを露天掘りしているウヌゲツ山鉱山もある。

ジャライノール炭田は、ただの石炭産出地ではない。

ここの石炭を石炭灰にした場合、含有するアルミナは五割近くに達する。そのため、隠れた巨大アルミニウム鉱山としても有用である。

これはまさに、日本と満州の生命線といえる。

陣地に番号が振られているのは、ここが多重遅滞陣地のせいだ。

最前線となっている第一陣地は市街地から東へ八キロ地点。第二は一〇キロ地点に造られている。何段にも塹壕地帯を重ねることで、最大効率で敵の進撃を阻止する仕組みだ。

第一陣地はソ連とモンゴルとの国境に近いため、国境守備陣地としての役目もある。

それもあって、布陣しているのは満州陸軍部隊のみである。

面白いことに、満州里には満州軍の市街地警備隊詰所があるだけで、すぐ北にあるソ連との国境や西のモンゴル国境付近は、あえて非武装地帯としている。

これらの措置は、いたずらに両国を刺激しないためだった。

だから、いざ攻められると、いきなり満州里の市街地を放棄するしかない状況になる。

それも仕方がない。

ジャライノールは、日本が官民問わず莫大な資本を投入して開発した炭田なのだ。満州国は一銭も費やしていない。

にもかかわらず、満州国には産出炭の三割を無償で提供している。これはいわば採掘権料の代わりのようなものだ。

その炭坑を採掘するために関係者や労働者が集まり、結果的に満州里という炭坑町が誕生した。

これらの理由により、日本軍は炭鉱労働者の町である満州里ではなく、炭田そのものを守備することになったのである。

また日本軍も、令和世界の関東軍のような好き勝手はできない事情がある。

昭和世界の満州国は、完全な独立国家として認められている。そのためジャライノール遅滞陣地も満州国陸軍の陣地であり、日本軍は安保条約に基づいて駐屯しているだけだ（陣地設営には協力した）。

当然だが、一九日に最初の戦闘が発生した第一陣地では、満州陸軍第二一歩兵旅団に所属する第二一一歩兵連隊が応戦した。

日本軍は第二陣地で警戒していたが、戦闘開始の報を受けると、速やかに第三陣地へ撤収しはじめた。

これは日満安保条約に基づく行動で、突発的な国境紛争（非戦争状況）の場合は、まず満州国軍のみで対処することになっている。

日本軍は、自分たちが攻撃された場合のみ反撃できるが、それ以外では戦闘を避けて中立的立場を維持しなければならない。

国境紛争ではなく、もし相手が国家規模の侵略をしてきた場合は、まず満州政府が日本政府に侵略の事実を通達し、日本側が戦争状況を確認したのち、安保条項に基づき侵略国に対し宣戦布告を行なう決まりになっている。

事の発端は国境紛争でも、満州軍が応戦した結果、なし崩し的に戦争へ拡大する可能性もある。

　これを日本政府が危惧していたため、日満安保条約締結時に『自動参戦』とはせず、あくまで『宣戦布告による条件参戦』を条文に盛りこんだのだ。

　すでにモンゴル軍（実際はソ連とモンゴルの混成軍）が国境を越えて進撃していることは、満州軍経由で満州政府に通達されている。

　同時に第二陣地にいた日本陸軍第一七師団第一七一対戦車連隊も、師団司令部経由で東京市ヶ谷にある帝国統合軍総司令部へ報告を送り、その直後、日本政府にも通達されている。

　状況から察するに、これは国境紛争ではなく、明らかな侵略である。

　だが……。

　侵略開始から一日が経過した現在、まだ日本政府は、ソ連とモンゴルに対し宣戦布告を行なっていない。

　この対応の遅さは、一六日に始まり一七日に終了したマリアナ沖海戦の影響で、対米戦争の初動対応に掛かりっきりになっていたためだ。

　しかし、それだけが原因ではない。

　満州里に攻め入ってきた敵部隊が、姑息にも所属国家を偽っていたため、敵の正体を世界に対し暴露するための手順が必要になったのだ。

　一八日に越境してきたのは、あくまでモンゴル軍ということになっている。

　これがもしソ連軍であったら、ソ連は連合加盟国のため事は簡単だ。

　連合軍と日本とは戦争状態にある（ソ連は連合国だが非参戦状況だった）。

　そのソ連が侵略したのであれば、ただちに日満安保条約の適用対象となる。

　当然、日本の即時参戦が決定しているはずだ。

ソ連の擬装は、この状況を回避するものなのは明らかである。

第一陣地には、モンゴル軍の騎馬隊一〇〇〇騎を先陣として、すぐ後方にモンゴル軍歩兵連隊二八〇〇名が侵攻してきた。

しかし歩兵部隊の背後一〇〇〇メートルに、歩兵の速度にあわせて進撃してくるT‐34部隊一〇〇輌がいる。

いかにモンゴル軍のマークを砲塔にペンキで描こうと、ソ連が最新鋭の中戦車を供与するわけがない。そのため、これは間違いなくモンゴル軍に擬装したソ連軍部隊である。

こうなると、まず満州国軍だけで阻止戦闘を行ないつつ、敵の正体をあばかなければならない。

そうしないと日本はモンゴルに対してしか宣戦を布告できず、結果的にソ連の狡猾《こうかつ》な罠にはまってしまうからだ。


ソ連がこのような擬装をしたのは、おそらくスターリンが日本と全面戦争をするつもりがないからだろう。

モンゴルと日満の局地戦争のかたちを演出し、ころあいをみてソ連が仲裁に入って休戦協定を結ぶ予定……当然、モンゴル側が勝つ算段で侵攻してきている。

そして巨大炭田を制圧したのち休戦、休戦条件として採掘利権の奪取もしくは巨額の返還保証金とか、ともかく日本と満州からむしり取る算段をしているに違いない。

むろん、それらの利益はモンゴルを素通りしてソ連に入る。

さらには合衆国との密約である日本牽制も達成できる。

まったく狡《こす》からい策略だが、こういったことはソ連（ロシア）のお得意芸であることも確かである。

＊

一九日の夕刻……。

第一陣地に最初に突っこんできたのは、モンゴル騎馬兵の集団だった。

これは、満州軍の大隊が保有している二五門の八センチ迫撃砲と個兵装備の六センチ擲弾（擲弾筒仕様）で撃退できた。

しかし、それで引っ込む敵ではない。

予想外の激しい反撃をうけたモンゴル騎馬隊一〇〇〇騎は、ただちに後方から進撃していたモンゴル軍歩兵連隊二八〇〇名と交代した。

その上で、ソ連軍砲兵部隊（これもモンゴル軍に擬装）による縦深砲撃の支援を受け、じりじりと第一陣地へ迫りつつある。

第一遅滞陣地の防衛は、満州帝国陸軍部隊に任されている。

ともかくいまは、自分たちだけで踏ん張るしかない。

彼らは歩兵連隊となっているが、実際には擲弾兵一個大隊と対戦車砲兵一個大隊、一個歩兵大隊の構成となっている。日本の武器供与と軍事教練で、この時代としてはかなり近代化されているほうだ。

「こちら満州軍第一擲弾兵大隊。日本軍第一七師団司令部、応答願う！」

第一陣地の地下壕に設置された前線司令部。

そこにある通信室から緊急の通信電話が発信された。

これは奇異な通信である。

自軍の上層部へ連絡したいのであれば、直接自軍の旅団司令部へ送ればいい。

なのになぜ、わざわざ日本軍の司令部通信を使っているのだろう。

『こちら日本陸軍第一七師団通信部第二通信隊、青田《あおた》だ。どうした⁉』

第一陣地の野戦司令部に設置された満州軍大隊通信隊が、日本軍司令部に対し至急の音声通信を送った。

ずっと後方にある師団司令部との短波通信電話（二八メガヘルツ）による会話のため、発電装置付きの師団通信機器を使っての交信だ。

なのに電信ではなく音声通話……これは世界の通信技術とは隔絶した進歩である。

ちなみに音声電話は暗号化されていないものの、周波数変調と偏波変調をもちいているため、変調を復元する回路なしには音声として聞き取れない仕組みになっている。

「敵の歩兵部隊が前に出てきた。第二陣地に我が軍の第一歩兵連隊が前進しているが、彼らに対し第一陣地への移動命令を出して良いか、我が軍の旅団司令部に確認してくれないか？」

『了解。少し待て』

返事はすぐに来た。

この奇妙な通信のカラクリは簡単だ。

日本陸軍第一七師団通信部第二通信隊は、満州陸軍第二一歩兵旅団司令部内に設置された日満合同軍専用の通信部門なのだ。

第一七師団通信部は、満州軍旅団司令部の通信室内で、満州軍の通信兵と肩を並べて座っている。同じ建物内に師団司令部が間借りしているのだから、通信設備も共用するほうが合理的だと判断しての措置である。

だから陣地からの要請も、隣りで傍受態勢にある満州軍通信兵に目配せするだけで伝達が可能なのだ。

これらの面倒な手順は、万が一に敵の侵略が全面戦争に発展した場合、速やかに日本軍へ指揮権を委譲するためだ。ただ、いまはその段階に至っていないため、なんとなく不思議な状況に思えるにすぎない。

むろん満州軍も独自の通信網を持っているが、それらは旧式の電信機器でしかない。

そのため危急の通信にかぎり、日本軍の音声通信装置を使えるよう工夫がなされているのである（指揮権が日本軍に委譲されたのちは通信系統も一本化される）。

『第一歩兵連隊は動かせないそうだ。もし第一陣地の防衛が難しいのであれば、すみやかに第二陣地へ撤収せよとの旅団命令が出ている。同様に、第二陣地の防衛が困難な場合も、第三陣地まで全部隊が撤収してよいとのお達しだ。間違っても前進防衛など試みるな……だそうだ』

伝言形式のため、どことなく間の抜けた通信となっているが、事態は逼迫《ひっぱく》しているようだ。

「日本の宣戦布告が完了したら、間違いなく日本軍部隊は戦ってくれるんでしょうね⁉」

現場にいる満州軍兵士にしてみれば、これは身に迫った大問題だろう。

モンゴル軍だけなら、あるいは満州軍単独で阻止できるかもしれない。だが軍事超大国に成長したソ連が相手では、日本抜きでは国を守れない。口惜しいが、これが現状だった。

『ああ、大丈夫だ。部隊的に言えば、すでに準備は完了している。あとは宣戦布告のタイミング次第だ。これを間違うと、ずっと未来において我々が悪玉にされる恐れがあるらしいから、ここぞという瞬間を待っているとのことだ。

だから諸君は躊躇《ちゅうちょ》することなく、最終防衛線となる第三陣地まで下がって堪え忍べ。第三陣地には旅団戦力すべてを展開できるし、日本軍の駐屯部隊も防衛戦闘にかぎり参加できるから、一日二日で落ちることはない。だから頑張れ！』

日本軍通信員の声も、自然と熱がこもる。

「了解した。状況を見て、こちらで撤収命令を下す！」

必死になって声を張りあげる通信兵のうしろに、袁公凱《えんこうがい》第二連隊長が立っている。

連隊司令部に来ている各大隊長とともに、苦り切った表情で通信を見守っていた。

「袁連隊長！　なぜ日本軍はすぐ支援してくれないのですか？」

すでに戦闘中の第二一擲弾兵大隊を率いる李正《りしょう》勝《かつ》大隊長が、切羽詰まった声で質問した。

ただしこれは、李大隊長も返答を知った上での茶番劇――迫真の演技だ。

最前線の司令部で交わされる会話は、可能なかぎり記録に留めておくよう上層部から命令されている。

そのため連隊司令部には、日本軍が供与した『テープレコーダー』なる最新式の電気録音機器が供与されているほどだ（最前線で奪取されないよう、撤収時には最優先で後方へ移送するか、それが無理な場合は完全に破壊した上で地面深く埋めるよう命令されている）。

これに加え、映像記録隊および写真隊が、フィルム動画とアナログ写真で現場の状況を記録し、駄目押しに書記班が速記ですべての会話を書きとめている。

これは日本軍と日本の同盟軍すべてに義務づけられていることだ。

戦後になって、いかなるイチャモンを付けられても身の潔白を証明するための措置……むろん、すべて鳴神武人と未来研究所による『戦争犯罪抑止法』が成文化された結果である。

「あくまで日本軍は、建国間もない満州帝国、その治安を維持するために派遣された治安維持軍だ。当然だが、外敵の侵入に初動で対処するのは満州国軍の役目となる。

それでもなお……満州帝国政府および満州皇帝陛下が、公式に日本政府に対し、日満安保条約に基づく共同防衛を要請し、日本軍が安保発動案件と判断して該当国に対し宣戦布告したら、我々は日本軍との共同防衛戦を行なうことができる」

「ですが、現状は‼」

この会話が茶番と知っているのは、袁公凱と李正勝のみだ。

現場では、すぐにでも日本軍の支援が欲しい。

しかしそれは、安保条約の規定でできない。

口惜しいが今は堪え忍び、日本政府が正規の手続きを踏み、国際的に見ても正当な防衛戦争を行なえるのを待っている……。

これを最前線の部隊指揮官に、演技までさせて徹底していた。

「今朝、呼倫貝爾《フルンボイル》の満州軍航空隊から偵察機が出た。それによれば、モンゴル軍主力歩兵部隊の後方に、一〇〇輌を越えるT‐34が進撃中だそうだ。

決死の低空飛行で確認したところ、すべての戦車にモンゴル陸軍のマークが付けられていたそうだが、砲塔上部ハッチから上半身を出した戦車長は、いずれもロシア人だったと報告されている。

また、さらに後方の丘を越えた地点には、いま我々を砲撃している敵砲兵部隊が布陣している。その砲兵部隊も、偵察機からの目視観測と望遠写真撮影によって、すべてロシア兵が運用していることが判明した。

これらの事実を、いま日本軍も確認中だ。日本軍の航空隊は斎斉哈爾《チチハル》に留まっているため、そこから長距離偵察機を多数出しているらしい。彼らの持つ最新鋭の一式陸上偵察機には、高度一〇〇メートルから人間の表情まで写し取る超精密写真カメラが搭載されているというから、我が軍の偵察写真とは次元の違う証拠を集められるはずだ」

いま袁公凱が発言した中にはなかったが、じつはソ連との国境の向こう側にあるザバイカリスクには、別動として二個師団規模のソ連軍軽機械化部隊が待機している。

もし日本がソ連に宣戦布告したら、その時はこの部隊も動くはずだ。

この二個師団でも足りなければ、いよいよシベリア中央軍の基幹基地となっているチタから本格的な増援がやってくる。

ここまで至れば、他の方面――ベロゴルクスのシベリア東部軍、ハバロフスクのシベリア極東軍、ウラジオストクの沿海州軍も動くだろう。

そうなれば、これはもうソ連と日本の全面戦争である。

「いくらソ連軍がモンゴル軍に擬装しても、日本軍がそれをあばいてくれるのですね！」

「ああ、そうだ。他にも暗号通信の傍受と解読や、ザバイカル混成軍の司令部があるザバイカリスクに潜入させたスパイの情報、そしてモスクワから発せられる赤軍中枢からの命令など……。

まもなく日本がスターリンに対し、ぐうの音も出ないほどの証拠を突きつけて宣戦布告してくれる。我々が堪え忍ぶのは、しっかりした理由があるのだ」

「敵歩兵部隊、おおよそ二八〇〇。一個連隊規模が西方一〇〇〇メートルまでせまって来ました！」

網の目のように掘られた塹壕を伝って、伝令が退避壕に駆け込んできた。

「第三陣地に連絡。これより第一陣地の全部隊は第二陣地まで撤収する。その間、敵歩兵部隊と敵砲兵部隊に対し、第三陣地所属の第一砲兵大隊による支援砲撃を願う。

その後、敵兵が第一陣地に入ったら、陣地に仕掛けた爆薬に点火、陣地ごとふっ飛ばす。伝えろ！」

袁公凱の命令を受けた通信員は、今度は旅団内通信のため有線の野戦電話に手を延ばす。

呼び出しの取っ手を回すと、すぐに相手が出た。

一字一句間違えないよう、わざと言葉を区切りながら連絡する。

「連隊長！　我が軍の戦車大隊にいる、MT‐1中戦車を出すわけには行かないんですか？」

李正勝大隊長が、あえて直接関係のない戦車部隊に関する発言をした。

これまた事前に決められていた問答のひとつらしい。

「おいおい李大隊長、ムチャ言うなよ」

案の定、横に立って黙っていた白天河《はくてんこう》第一戦車大隊長が、困ったような表情で声を返す。

白は事前取決めには参加していないため、李の発言に対し正直に答えたようだ。

「白大隊長……いつも俺の戦車は無敵だって言ってたじゃないか！　アレはウソだったのか？」

なるほど、李は部下たちの気持ちを代弁する役目なのだろう。

ここで部隊の心理面までサポートしておけば、のちに連隊司令部がムチャな命令を下していない証拠になる。そこまで考えての演技である。

「相手が旧型のソ連戦車だったら、たしかに無敵さ。なにせ我が軍のMT‐1中戦車は、日本が開発した九五式中戦車の最終バージョンに、走行距離延長オプションを組み込んだものだからな。

だが相手がT-34となると話が違ってくる。MT-1の五七ミリ五七口径戦車砲じゃ、T-34の正面装甲は一〇〇〇メートル以内でしか撃破できん。確実にしとめるなら六〇〇メートル以内だ。対するT-34は、一〇〇〇メートルでこちらの正面を確実に射ちぬける。

もちろん戦車機動戦だったら、まだ戦いようはある。だが陣地防衛戦だと足の速さが生かせないから、どうしても我々のほうが不利だ。だから陣地防衛戦で敵戦車に対抗するには、味方戦車より対戦車部隊のほうが適任となる」

さらりと他の部隊へ責任を転嫁した白。

それを見て、今度は第三対戦車砲兵大隊長の荘《そう》夏栄《かえい》が口を挟んだ。

「第三対戦車砲兵大隊の八センチ対戦車砲は、最初から第三陣地に据えられている。これは牽引式の砲だが、いまは砲座に固定しているため簡単には動かせない。となると第二陣地で敵戦車を阻止するのは、対戦車歩兵小隊の八センチバズーカ砲のみになる。

頼みの綱の対戦車地雷は、おそらく事前に行なわれた敵砲兵部隊の砲撃で潰されている。だから迎撃手段で攻撃距離が長いのはバズーカのみだ。しかしそれでも、八センチの有効射程距離は二〇〇メートルでしかない。

この距離まで敵戦車を引きつけろと言うのは、部下たちに死ねと言ってるようなものだ。あくまでバズーカは、後方に八センチ対戦車砲が控えていてこそ活躍できる。となれば第二陣地での阻止を諦め、全旅団戦力をもって第三陣地で反撃に出るのが最良の策だと思う」

荘大隊長が悲観的な声を上げるのも当然だ。

いま満州里になだれ込んでいるソ連軍戦車部隊

は、じつに二個装甲連隊規模になる。

T‐34中戦車一〇〇輌／KV‐1重戦車六〇輌／T‐26軽戦車四〇輌／BT‐7M中戦車二〇輌……総数二二〇輌もの一大戦車部隊である（あくまで現時点で確認されているのは先陣の一〇〇輌のみだが、ソ連軍の部隊構成からこれらが読み取れる）。

対する満州陸軍第二一歩兵旅団は、一個戦車連隊六〇輌のみ。

日本軍の守備部隊にも、旧式の八九式中戦車四〇輌と九五式重戦車四輌がある。

だが彼らは日本の宣戦布告後、呼倫貝爾《フルンボイル》に待機している日本陸軍の北西方面特別派遣隊（独立機甲軍団所属の独立第六機甲師団）と合流することになっているから、それまで動くことが禁じられている。

独立機甲軍団は、日本陸軍が未来研究所の提言を全面的に取り入れて編成した、これまでの軍管区制度（日本国内の各方面司令部）に囚《とら》われることのない常設機甲師団の集まりである。

指揮権は統合軍総司令部直轄とされているから、これは統合連合艦隊や統合陸戦隊と同じく、各軍の垣根を越えた運用を大前提とした部隊といえる。

とはいえ本拠地は必要なため、現時点では独立第一機甲師団が、東京市ヶ谷に司令部と駐屯地を構えている（統合総司令部と同居）。

同様に、独立第二機甲師団は大阪伊丹に、独立第五機甲師団は北海道札幌に、そして今回呼倫貝《フルンボイ》爾《ル》に派遣された第六機甲師団は、熊本市健軍町に居を構えている。

他の第三／四／七は、いまのところ編成待機中だ。つまり、今のところ日本の機甲師団は四個のみとなる。

さらに言えば、この部隊は開戦前の段階では虎の子中の虎の子だったため、完全に隠蔽《いんぺい》された存在となっていた。呼倫貝爾《フルンボイル》にいる部隊も、すべての戦車が基地内の格納庫に隠され、外から見るぶんにはごく普通の歩兵師団に擬装されていたほどだ。

他にも独立第二機甲師団が、満州中東部の要衝――牡丹江《ぼたんこう》に派遣されている。こちらは沿海州にいるソ連軍を睨《にら》んでの配置だ。

となると肝心の中央……シベリア方面に対処する部隊がいないことになる。

これは大問題と感じるかもしれないが、そうではない。

もしシベリア方面から直接的にソ連軍が南下してくるとなれば、これはもう最初から短期決戦タイプの全面侵攻となる。

当然、満州軍も全軍を上げて侵攻を阻止するし、日本も即座に宣戦布告して共同防衛しなければならない。

その場合は、北西部と中東部に配置した二個機甲師団で対応しつつ、北海道にいる第五機甲師団を新たに投入することになっている。

当然だが機甲師団だけでなく、既存の国内にいる各部隊（歩兵／砲兵／軽機動／自動車化の各師団と特殊作戦群部隊）も増援として投入される。

誤算だったのは、この時期にソ連軍が侵攻してくるとは、だれも思っていなかったことだ。それが局地的な侵攻であろうと、国境紛争を越える規模になれば戦争である。

鳴神武人と未来研究所も万能ではない。

時にはポカもするし未来も読み違える。

本来なら日本全国と台湾・朝鮮に、合計で一二個機甲師団を編成した上で、ソ連軍とアメリカ軍の戦車軍団に正面から立ち向かえるよう準備していた最中だったのだ。

しかし戦争は待ってくれなかった。

待ってくれない以上、持っているモノで戦うしかない。

それでも何とかなりそうなのだから、現在の日本の軍事力は、こと質に関しては、もう異質の次元に突入していると言って良いだろう。

ちなみにバズーカ砲というのは、制式名『九四式八センチ携帯対戦車ロケット砲』のことだ。

令和世界の第二次世界大戦でアメリカ軍が使用していた60ミリバズーカを参考に、同盟国（タイ）や武器有償供与国用（現時点では中華民国のみ）として改良設計したものだが、性能的には平凡なものでしかない。

だからこそ日本軍は、『新開発したRPG-1』（九八式携帯対戦車擲弾筒・通称『五八ミリ無反動砲』、実際は令和世界のソ連製RPG-16の改良コピー品）を秘匿兵器として温存しているのである。

「ともかく……いまは臥薪嘗胆《がしんしょうたん》するしかない。日本国の判断が下るまでは、どうにも動きようがない。しかも日本は、太平洋で合衆国の海軍と衝突したばかりだ。あちらの動向も日本政府の判断に大きく影響を与えるはずだから、まったく予想がつかない……それより連隊司令部を第二陣地に移すぞ。全部隊、撤収だ‼」

無理矢理に大声を出した袁公凱だったが、すべて予定通りの行動のため、居並ぶ大隊長をはじめとして狼狽する気配はない。

全員が落ち着いた態度で、しかし迅速に撤収作業を開始する。

すべては日本の判断……。

満州国軍においては、日本がソ連をどう扱うか予想がつかない。

末端の将兵にとり、日本本土で行なわれている最高判断が想像もつかないのは当然だが、まだ出来たての国の運命が他国に握られている悲哀と焦燥だけは、ここにいる全員が感じていた。

三

二〇日夜　ワシントン

「なぜ負けた‼」

ルーズベルトの怒号が、ホワイトハウスの地下会議室に響き渡った。

海軍上層部の『絶対に圧勝』という御墨付きがあったからこそ、ルーズベルトもしぶしぶ対日参戦に同意したのだ。それが手酷く裏切られたのだから、怒鳴りたくもなるだろう。

本来なら、まず日本を叩き潰した上で、余裕をもってドイツを殲滅《せんめつ》する予定だった。

ところがヒトラーの気まぐれにより英国上陸作戦が開始され、チャーチルの恫喝に等しい嘆願《たんがん》に負けて、ヨーロッパ戦線への直接参戦を優先してしまった。

すると待ってましたとばかりに、日本軍が東南アジアへ侵攻。異常ともいえる速さで快進撃を続け、フィリピンを有する合衆国としても知らぬ存ぜぬは通らなくなってきた。

そこで海軍の進言により、マリアナ海域において艦隊決戦を仕掛け、そこで日本海軍に大ダメージを与えて機能不全に陥らせる作戦を了承したのである。

単純に日本の海軍力を上回る大艦隊で押し潰す策だったが、うまく行けば開戦劈頭《へきとう》で日本の鼻っ柱をへし折ることができる。さらには、列島を守る艦隊が激減した日本が、慌てて休戦を申し出てくる可能性もある。

そうなれば日本は、東南アジアからの全面撤退と植民地宗主国への戦後賠償、さらには満州国に対する合衆国の直接資本参加も認めざるを得なくなる……。

だがそれらは、すべて夢と消えた。

合衆国海軍が太平洋に配備したのは、すべての戦艦を投入した未曾有《みぞう》の大艦隊だったのだ。

それが戦艦数と砲門数において遥かに劣る日本の連合艦隊に、文字通り壊滅的な状況まで潰されてしまった。

欧米列強が、艦隊護衛にしか使えないとあざ笑っていた航空母艦……。

これを日本は巧みに運用し、異次元の空母機動戦を展開、戦艦数などまるで関係なかったかのような大戦果を上げた。

それでもなお、空母航空隊の凄まじい威力を信じられない合衆国海軍上層部は、あれこれ戦闘結果をいじくり回し、最終的には多数の新鋭潜水艦による殲滅雷撃が致命傷になったと結論したのだから、これはもう救いようがない。

たしかに日本の空母機動部隊が放った航空隊は、米艦に浅く広く被害を与えたが、肝心の撃沈数は意外と少なかった。

これは連合艦隊の策略だったのだが、情報の乏しい米海軍にわかるはずがない。

わざと傷ついた状況で撤収させ、最後は待ち伏せさせていた潜水艦部隊でトドメを刺す。

これは連合艦隊が、シンガポール沖海戦やマラッカ海峡戦で戦果を擬装したのと同じ策略であり、可能なかぎり空母の優位性を連合国に知らせないためであった。

それでも目ざとい海軍軍人は、事の本質を適確に見抜いてくる。

敗軍の将となったスプルーアンスもその一人で

あり、同時にハワイで報告を聞いて気づいたのがハルゼーだった。

しかし、まだ海戦から日がたっていないこともあり、彼らの意見が海軍の方針として採用されるには程遠いのが現状である。

大半の将兵は、いま予想外の大敗北に打ちひしがれ驚愕し、ただただ茫然とハワイへの逃避行を続けている。

つまり……。

ルーズベルトの思惑とは正反対に、太平洋において半身不随となり、当面のあいだ行動不能に陥ったのは米海軍のほうだったのである。

「戦艦数に劣る日本軍は、なんとか我が軍の戦艦を潰すべく、用意周到に姑息な作戦を練っていたようです。戦いが終わってようやく判明したのですが、連合艦隊が展開した作戦は、最初から最後まで、脇目もふらず我々の戦艦のみを潰すことだけに集中していました……」

説明のためホワイトハウスにやってきたキング艦隊本部長が、ハンカチで額の汗を拭いながら答えた。

艦隊編成の大元締めであるキングにとっても、今回の海戦結果は晴天の霹靂《へきれき》だった。

なにしろ戦艦三隻／空母三隻／重巡三隻／軽巡五隻を撃沈され、残る戦艦も四隻が大破しているため、しばらくは使い物にならなくなったのだ。

ゆいいつ生き残った空母ホーネットも大破判定のため、艦隊復帰には数ヵ月の期間が必要になる。その間米海軍は、太平洋で空母ゼロ（回航なしの場合）の日々を過ごさなければならない。

ここまでの大被害を受けると、適当な艦の使いまわしでどうにかなるものではない。

たとえ戦艦や空母を大西洋から回航しても、訓練不足のせいで、まともな作戦運用ができないのだ。

　また死傷した海軍将兵も万単位になるため、新造艦に配置する熟練将兵が足りなくなることが予想されている。

　合衆国の建艦計画は、ヨーロッパ参戦の煽りを受けて平時のまま推移しており、それによれば今年中にサウスダコタ級戦艦三隻が完成するものの、その次の建艦計画はまだ白紙である。

　空母も同様で、現在建艦中なのはエセックス級一番艦のエセックスのみで、後続艦は戦時突入により白紙にもどされている。

　となると年内に完成するのはエセックス一隻のみで、あとは対英支援用に計画されたボーグ級護衛空母が六隻、サンガモン級護衛空母が四隻のみ……。

　このうち護衛空母は空母機動戦には使えないから、大西洋にいるヨークタウンとレンジャー／サラトガをすべて回しても、修理が完了したホーネットを合わせて四隻にしかならない。


　しかもそれらが何とか稼動可能になるのは、早くて四ヵ月後なのだ。

　その間、連合軍は東南アジアを奪還《だっかん》するどころか、ハワイを守ることすら危うい状況に追いこまれる。なるほど、ルーズベルトが激怒するはずである。

「我々は日本の策略に、まんまと乗せられたというのか⁉　そこまで海軍情報部は無能なのか！」

「いえ……ハワイに設置した戦略および戦術情報室をはじめとして、いまも全力で日本軍の暗号解読に邁進《まいしん》中です。しかしながら、開戦と同時に帝国陸海軍と日本政府の暗号が全面的に切りかえられた結果、いまのところあらゆる暗号通信が解読不能となっています。

　そこでしかたなく、現在は東南アジアに潜入させたスパイからの情報に頼っていますが、そのスパイたちが恐ろしい頻度で日本軍に捕縛されています。日本軍はスパイを見抜く方法を熟知しているらしく、通信連絡後に消息を断つスパイが後をたちません。

　このままでは、いずれ全面的な情報不足により、連合軍は情報戦の分野において完敗すると思われます。いかに陸海軍が精強でも、相手の情報が皆無では動けません。これを何とかしないと……」

　いつもは切れ者で有名なキングが、あちこち口ごもる様は見ていて異様だ。

　ルーズベルトもそれに気付き、これ以上彼を追いこんでも無駄だと気づいたらしい。

　そこで視線を陸軍参謀総長に移すと、有無を言わせぬ口調で言った。

「このままでは連合国のみならず、合衆国市民からも我々に対する不満が爆発する。そこで陸軍には、なんとしても英国本土戦において画期的な大勝利を上げてもらいたい。しかも近日中にだ。

　それを可能とする戦力と予算は、すでに与えてある。なんなら大幅に強化したパットン将軍の機甲軍団を、丸ごと英国本土へ送りこんでもいい。ともかく最速でドイツ軍を英国からたたき出せ。

　海軍は陸軍が大殊勲を上げているあいだに、密かに軍備の復活を計るのだ。そのための予算は、しかたがないが……Ｍ計画から削り取るしかない。Ｍ計画が一年ほど遅れてもいいから、丸々一年分の予算を海軍に投入しろ。いいな！」

　Ｍ計画とはマンハッタン計画のことだ。合衆国による原爆製造計画を意味している。

　この予算の一年分となれば、米政府の国家予算の四分の一に相当する。

　これは陸軍の大軍備拡張に費やされている予算と同等規模であり、まさに米政府がもう出せないというギリギリの線まで絞りだした結果といえる。

「M計画は……ドイツの進捗状況を見ないと……」

陸軍参謀長の返答は、苦渋に満ちていた。

ドイツも日本も、事前の情報では原爆を開発している。

このうち日本は早々に中止を決定しているが、その情報はまだ伝わっていない。

ドイツのほうは霧の中だが、ノルウェーに重水工場が建設されたことだけは察知している。

その重水工場を爆撃で破壊する作戦が組まれていたが、ドイツ軍の英本土上陸により、それどころでは無くなってしまった。

よってドイツの原爆開発も、現時点では絶賛進行中である。

「何事も順番というものがある。まず英国からドイツ軍を追い出す。これを達成しなければ、この先なにも始まらない。ドイツ軍を追い出したら、即座にノルウェーの重水工場を破壊する。これでドイツの原爆開発は、一時的にだが止まるはずだ。

日本については、ドイツや我が国より相当に遅れているという情報がある。だから一年程度は無視しても大丈夫だ。ともかく……いつ完成するかわからない原爆より、目の前にある通常兵器の量産が急務だ。わかったら、早くやれ！」

今年は一九四二年。

次の大統領選挙は一九四三年末だから、遅くとも大統領選挙の年までには戦争を終わらせないと、戦勝国の大統領として勇退できなくなる。

その場合は苦肉の策として合衆国史上初の四選に挑むことになるが、それは勝てる見込みが立っていないため極力避けたいところだ。

となると、あと実質一年半で、ドイツと日本の両方に勝利しなければならない……。

いかに豊かな合衆国とはいえ、もうなりふり構っていられない状況だった。

「……了解しました」

陸軍参謀総長は、まさしく萎《しお》れた菜っ葉のような顔になった。

現時点で朗報といえるのは、ソ連が満州里に侵攻することで、日本軍の注意を引くことを約束してくれたことだ。

スターリンは、ドイツが英本土作戦を開始するとすぐ、ルーズベルトに極秘の書簡を送り付けてきた。

それには『もし合衆国が日本に対して宣戦布告するのなら、ソ連はモンゴル軍を傀儡とする混成軍を編成し、満州里方面において日本軍を牽制する用意がある。むろん満州全土に対する覇権的な意図はない。あくまで満州里周辺の北西部地区のみに進駐し、恒常的に日本軍と満州軍を引きつけることで、連合軍に対し間接的な支援を行なう所存である』と書かれていた。

ソ連は連合軍の一員に入っているが、いまのところ第二次大戦には参戦していない。

それが、たとえモンゴル軍に擬装したとしても、日本に対し戦端を開く意志を示したのだ。

一度はソ連スパイ事件で煮え湯を呑まされたルーズベルトだったが、この書簡によって、どうやらスターリンはこれ以上の合衆国との軋轢《あつれき》は不利になると判断し、一種の『お詫び』を行なうことにしたと感じた。

ただし書簡の最後には、ひとつだけ条件が付けられていた。

『ただ、日本との戦争が拡大した場合、我が国に対しても相応の軍事支援を確約してもらいたい』

どうやらスターリンは、未曾有の規模で開始された対英支援を見て、自分のところにもおこぼれを頂こうと考えたようだ。

もとよりずる賢いスターリンが、無償で支援するとは思っていない。

英国ほどの支援は無理でも、対日戦として使用する予算の中からソ連に軍備を提供するぶんを捻出するのは、さほど難しいことではない……。

そこでルーズベルトは、即座にこれを承認し、ソ連の支援に期待するという秘密書簡を返した。

まさに……一五日に始まった満州侵攻は、ルーズベルトの承認によって実現したのである。

スターリンは約束を守った。

となれば次は、しばらく様子を見て、ソ連に支援が必要ならば、陸軍中心になんらかの軍備提供を行なうことになる。

それを陸軍参謀総長に命じたのが、ついさっきのことだ。

ソ連が日本を牽制すれば、そのぶん合衆国の負担が減る。

これが現在のところ、ゆいいつの気休めだった。

*

同時刻、モスクワ。

「なぜ日本政府は、モンゴルに対して宣戦布告しないのだ!」

合衆国との密約により満州里へ擬装部隊を侵攻させたスターリンだったが、五日が経過した現在、日本が思ったように動いてくれないため癇癪《かんしゃく》を起こしていた。

軽い叱責でも、相手がスターリンとなると話が違ってくる。

いまクレムリンにある共産党最高幹部会議場に居並んでいる面々は、ここで下手な返事をすれば、現在の地位に関わらず、すぐさまシベリア送りにされることを知っている。

「同志モロトフ。日本と一戦交えるにあたり、私は背後の安全を確保する策を実行するように命じたが……あれはどうなっている？」

スターリンは不機嫌な表情のまま、外相席に座っているヴャチェスラフ・モロトフを詰問した。

問われた『あれ』とは、ヒトラーに対し独伊西三国同盟にソ連が参加する意志があると伝え、早期に独伊西ソ四国同盟を成し遂げるプランのことだ。

ただし現在の枢軸同盟には、先にブラジルとアルゼンチンが参加を表明している。

そのため、実質的には枢軸六か国同盟となる。

それに言及しないのは、ブラジルやアルゼンチンなどの新興国は相手にしないという、スターリンの矜持《きょうじ》あってのことだ。

モロトフが枢軸同盟参加の算段を命じられたのは、ちょうどドイツによる英国侵攻直後だった。

これは、交渉を持ちかけるタイミングとしてはベストと言っていい。さすがは策略だけは超一流のスターリンである。

なのにヒトラーは、モロトフがベルリンまで行って締結を求めたというのに、今のところ良い返事をしていない。

「情報筋によればヒトラー総統は乗り気のようですが、いかんせん軍部が頑強に抵抗しているようです。なのでヒトラー総統が軍部を完全掌握するまで、あとしばらくの時間が必要かと……」

「悠長に待ってなどいられるか！　ヒトラーが英国の制圧を完了してしまったら、今度こそ矛先をソ連にむけてくる。だからこそ先手をとって枢軸同盟入りを提案したのだ。

どのみち日本と戦う以上、兵力をシベリア方面に集中しなければならん。そうなるとドイツ方面がどうしても手薄になってしまう。

あのずる賢いヒトラーのことだから、こっちが隙を見せればすかさず攻め込んでくるはずだ。だから英国陥落の前に、なんとしてもドイツを一時的にでも味方につけねばならんのだ！」

時間がないと吼《ほ》えるスターリンを見て、モロトフの顔が真っ青になった。

するとモロトフの対面にすわっていたアナスタス・ミコヤン国家防衛委員が、さも助け船を出すようなそぶりで発言した。

「同志モロトフ。ようはドイツを敵にしなければ良いのですから、とりあえず独ソ不可浸条約の締結を優先し、それが達成されたら、その流れで枢軸同盟入りを算段してはどうですか？

どのみち我が国が枢軸国入りを果たしたら、今度は連合国から脱退するよう責められるでしょうし。どちらも入ったままというのは、ちょっと通らないと思いますよ」

ミヤコンは一介の委員にすぎないが、最高幹部会議に列席して発言まで許されているのだから、ただの泡沫《ほうまつ》幹部ではない。

現在の肩書きはともかく、数年前までは人民委員会副議長（日本でいうと副首相）の地位にあり、スターリンの懐刀《ふところがたな》と呼ばれていた男である。

現在も影でスターリンを補佐しているのに地位が低いままなのは、近い将来、一足飛びに最重要職に抜擢されることが決定しているからだろう。

むろん最高幹部会議に出席する面々だから、これくらいの情報は全員が持っていた。

「不可浸条約ですか？　たしか以前、ポーランド侵攻に先立って一時期検討されたのを覚えていますが……」

モロトフの疑問形で染められた返事に答えたのは、意外にもスターリンだった。

「日本とドイツが締結寸前まで行った日独防共協定だったが、日本に宇垣内閣が誕生したせいで不発に終わった。もし締結されていれば、我が国はドイツと日本に挟まれ戦争になっていただろう。

それを回避するため独ソ不可侵条約の締結を模索していたのだが、予想に反して日独防共協定が流れたため、当面の危機は去ったとして不可侵条約の件も無かったことにした経緯がある。

うむ……前回とは事情が違っているが、日本とドイツが手を結ぶ可能性はまだ残っている。英国制圧後のドイツが、電光石火で日本と防共協定を結べば、すぐさまドイツはソ連領へ攻め込んでくるだろう。

防共協定を結ばれたら、さすがに我が国の枢軸国入りは無理だ。それどころかドイツと日本は、我々の正面に立ちはだかる敵となるだろう。もし日本とドイツが対ソ軍事同盟を結べば、それこそ国家存亡の危機におちいる。これだけは絶対に避けねばならない。

かといってドイツや日本と戦端を開かず、ひたすら国境を閉ざして引きこもるのも不可能に近い。なにもしなければ、アメリカは軍事支援などしてくれない。そうなると我が国は各国の軍事技術から取り残され、戦後になって、いいように軍事的な恫喝を受けるハメにおちいるだろう。

だから不戦もダメだ。となれば満州里に限定した国境紛争……最悪でも満州北西部に限局した戦争で、できるだけ長い期間、満州にいる日本駐留軍を釘付けにするしかない。こうしておけば、見た目には連合国の一員としてきちんと戦争しているように見えるはずだ。

国境紛争レベルの戦いに限局しておいて、来るべき対ドイツ戦にむけて国力と軍備を増大しなければならない。日本はあくまで当て馬にすぎない。

本気で戦争して疲弊するなど本末転倒も良いところだ。

なのに……日本の動きが鈍すぎる。現地の炭田守備部隊だけでも応戦してくるかと思っていたが、報告によれば戦闘はもっぱら満州国軍警備隊に任せ、日本軍部隊はこちらが攻め入ったぶんだけ全部隊を後退させているという。

これは日本が、ソ連軍との直接衝突を避けている証明にはならんか？　ただでさえ精強な連合軍と戦争を始めたばかりなのだから、ここで背後に敵を作るのは得策ではないと考え、なんとか戦争を回避できないか模索しているように見えるのだが……」

ここまでスターリンが自分の考えを述べた時、会議室の巨大なドアがノックされると、人民委員会副議長のラヴレンチ・ベリアが入ってきた。

「……同志ベリア。会議に遅れると事前に報告があったが、用事は済んだのかね？」

スターリンは怒ることもなく、ごく普通の表情で質問した。

これが他の者であれば、まず間違いなく要職剥奪の上で失脚させられる。

なのにベリアが無事なのは、遅刻の原因がスターリンの命令によるものだったからだ。

「はい。たったいま、スイス大使館経由で、日本国政府の公式書簡が届きました。同時に日本から、とてつもない大出力の短波ラジオ放送が発信されはじめました。あまりにも高出力のため、シベリア全土で我が国の短波ラジオ放送が押し潰されて聞けなくなっております」

「なんだ、それは……。まあいい、その書簡とやらを寄越せ」

「はい、こちらに」

ベリアは後ろ手に持っていた書簡をスターリン

にさし出す。

すぐに古式豊かな蜜蝋による封印が開けられた。

「なになに……ん、なんだと！」

いきなり語調が変わったスターリンだったが、何が書いてあるのか誰も詮索しない。

そんなことをすれば、虎の尾を踏むだけとわかっているからだ。

「……満州里を侵略中のモンゴル軍がソ連軍の傀儡部隊であることは、すでに証拠付きで露呈している。そのひとつとして同封した写真を見て欲しい。

モンゴル陸軍のマークをつけたソ連製中戦車T‐34の車長ハッチにいる人物は、こちらの調べでは、ソ連赤軍のシベリア中央軍第46師団第114戦車連隊に所属する、ウラジミール・オリョコフ上級軍曹と判明している。

彼は現在もソ連軍に所属したままで、モンゴル軍へ軍事顧問として派遣された経緯もない。先月の給与も、ザバイカリスクに司令部のあるザバイカル混成軍より出ているので、実質的にオリョコフ軍曹は、ザバイカル混成軍に所属していると結論する次第である。

他にも多数の証拠がある。よって日本国はソ連政府に対し、ただちに満州里を侵略している部隊を撤収させるよう強く要求する。撤収は即時に開始されるべきであり、わずか数キロ北にあるザバイカリスクまでの撤収だから、ものの数時間もあれば充分であろう。

そこで日本国政府は、満州国と安全保障条約を結ぶ同盟国として、日本時間の明日二一日午前四時までに、全部隊の撤収を完了させることを貴国政府に要求する。

この要求が受け入れられない場合、日本国は国際法に基づき必要な措置を取る。貴国政府およびスターリン閣下の賢明なる判断を期待する。以上、大日本帝国首相・東條英機《とうじょうひでき》……だと！」

相手が東條英機と知ったスターリンは、怒りに顔を真っ赤に染めながら、公式書簡を両手で握り潰した。

「大出力ラジオ放送の内容も、書簡の内容を簡略化したものとなっています。私の指揮下にある情報部によれば、この放送は時間をずらして全世界へ放送されているらしく、北米大陸／中国／東南アジア／中東／西ヨーロッパでの受信を確認しました」

ベリアはさらりと、自分がソ連情報部の親玉だと口にした。

実際に彼はNKVD（内務人民委員部）の議長を兼任していて、連邦治安管理局（GUGB）の長官にもなっている。

NKVDといえば、令和世界において名高いKGBの直接的な御先祖である。

「つまり……世界の大半が、すでに書簡の内容を知っているということだな？」

「はい。いまさら日本の陰謀だと全面否定しても、そのうち真実が漏れると思われます」

「くそっ……なぜバレたのだ！　この写真の男の件は事実なのか？」

「いま最優先で調べておりますが、先ほど私自身がザバイカリスクのザバイカル混成軍司令部へ、党直通の専用電話で問いただしたところ、そのような名前の軍曹が確かに存在しており、本日は混成軍の第一戦車大隊第二戦車中隊員として、満州里侵攻作戦を実施中との確報を得ました」

「事実か……しかし、そうなると大変だぞ。この写真は斜め上から撮られている。ということは、たぶん航空写真だ。だが……よほど低空から撮らねば、ここまで鮮明には映らん。

そして写真の男が混成軍に所属しているというのは、作戦の性質上、極秘事項になっているはずだ。なのに日本政府は、まるで当然のように正確な情報を入手し、我々に突きつけてきた。ということは、最低でも混成軍司令部内にスパイが潜りこんでいるということになる」

「すでに私の部下に調べるよう命じました。いまごろは混成軍司令部へＧＵＧＢ隊員が大挙して乗りこんでいる頃です」

ベリアが送りこんだＧＵＧＢ隊員とは、おそらくザバイカリスクに駐在している政治将校や赤軍憲兵隊なのだろうが、実質的にＧＵＧＢの息がかかっていることは、現地では暗黙の了解となっている。

「うむ、迅速な対応、評価に値するぞ。しかし……すでに振られてしまったサイコロを元に戻すことはできん。どうしたものか……いまさら撤収させるわけにはいかんぞ」

ベリアはわずかな時間だけ考え込むと、ふたたび口を開いた。

「明日の夜明けまで、まだ少し時間があります。幸いにも日本のラジオ放送は、すでに全米各地でも聴取されているはずですので、ここはひとつ、ルーズベルト閣下に秘密電信で相談するのも手かと」

「なるほど。もともと合衆国の要請があって始めたことだから、事がバレた以上、合衆国も一蓮托生の身ということだな。しかも表むき合衆国は、共産主義撲滅運動を展開しているから、ここでソ連との密約が表面化することは非常にまずいことになる。

そうだな。以前に確約してくれた軍事供与を、現状の二倍にしてもらうあたりで手を打ってもらうか。直接的な軍事支援が二倍になれば、対日本の備えは充分なものになる。

そこで余った国力をすべて将来必発の対ドイツ戦に注ぎこめば、連合軍との戦いで疲弊したドイツに勝利するのも夢ではない。

その場合は、我が国も正式の連合参加国として第二次大戦に直接参戦し、戦後の利益配分をたっぷりいただく。よし、これで行こう！」

スターリンが決定を下せば、もはや誰にもくつがえせない。

いまいった言葉は、一字一句違わず書記の手によって記録され、最高幹部会議の正式な決定事項として発布されることになる。

「では、これにて会議を終了する。同志諸君、来るべき最終勝利まで粉骨砕身してくれるよう切に期待する。以上だ！」

スターリンとしては、生意気すぎる対応をしてきた日本政府に対し、ただちに強烈な一撃を加えたいところだ。

しかし、相手が明日の夜明けに期限を切ってきている以上、それまではあまり露骨《ろこつ》な動きをすると墓穴を掘ることになる。

むろん混成軍司令部の上部組織であるシベリア中央軍に対しては、万が一のことを考えて、ザバイカリスクへ増援を出せるよう準備を整えておくよう命令するが、いまそれを命じても、実際に支援軍が到着するまで相応の時間が必要だ。

おそらく一両日中に到着できるのは、素早い行動が可能な軽自動車化師団くらいだ。

それらと現地部隊でしばらく頑張ってもらい、その間、満州里からあまり戦線を拡大せず、もっぱら満州里市街と炭田の確保に専念する。

これを徹底すれば、いずれ日本もソ連に戦線拡大の意志がないことに気付き、休戦なり何なりの交渉に乗ってくるだろう。

これでソ連の目的は達成される。

極東において日本軍とソ連軍が衝突し、できるだけ長い期間、降着状況を実現する。

これで充分に太平洋で戦う連合軍の後方支援になるし、日本としても、いまあえてソ連と大規模戦争を引きおこす愚を侵さずに済む。両者、ウインウインである。

まさしく損得ですべてを割り切る冷血の男……ヨシフ・スターリンらしい判断だった。

四

二一日午前四時　満州里

日本時間の二一日午前四時。

関東地方の霞ヶ浦にある『国際電波送信所』にある超指向性大規模短波送信アンテナ群から、モスクワ方面へむけて大出力の短波ラジオ用電波が発信された。

出力は、なんと四〇〇〇キロワット！

令和世界にある巨大短波放送施設といえば、茨城県古河市にある八俣《やまた》送信所が有名だが、そこにある送信機は三〇〇キロワット五台／一〇〇キロワット二台だから、総出力は一七〇〇キロワットだ。

その二倍以上の出力といえば、どれくらい凄いかわかる。

通常、電波送信に必要な電力は出力の二倍なので、使用される電力は八〇〇〇キロワットに達していることになる。

これは家庭用の一〇〇ワット電灯を同時に八万個も点灯させることができる大電力だ。

これらの電力は、すべて隣接して建設された霞ヶ浦第一火力発電所によって供給されている

（現在、霞ヶ浦第一発電所には四基の粉炭火力発電炉が稼働中で、総出力は一六万キロワット）。

令和世界の最新型原発（一基で一五〇万キロワット）や大規模火力発電所（一基で三六万キロワット）に比べればささやかなものだが、令和世界の過去――昭和一〇年代では、日本中の火力発電所すべての出力をあわせても二〇〇万キロワットに満たない程度だったのだから、それなりの出力といえるだろう。

昭和世界の昨年（一九四一年）における日本全土（台湾／朝鮮を除く）の発電総量は、鳴神武人の登場により文明加速が進み、じつに八〇〇万キロワットに達している。

このうち水力発電所が一二一箇所で三六万キロワットだから、大部分は石炭火力によって補われているわけだ。

また、電波を発信するアンテナには、短縮コイル付き六エレメント八木アンテナが用いられている。

問題はその数だ。一六本の巨大鉄塔に総数三二基のアンテナが設置され、そのすべてが多段式連動アンテナ（方角変更用回転モーター付き）として機能するよう設計されている。

この鉄塔には、このほかに二八メガヘルツ用八木アンテナ（電信用）、七メガヘルツ短波アンテナ（鉄塔間ワイヤーを用いた2エレメント・ビーム型指向性アンテナ／軍用機密通信）、一五〇メガヘルツ超短波八木アンテナ（主要都市間を結ぶ超短波音声無線ネットワーク用アンテナ）が設置されている。

ただ、この無線施設には欠点がある。

それは多数のアンテナが鉄塔で共用されているため、短波や超短波など、周波数分類ごとの通信は、同時に一周波数しか使用できないことだ。つまり短波ラジオ放送中は、同時に短波無線通信は使用できないことになる（同時に使用すると共振を起こす）。

そのため群馬県の赤城《あかぎ》山麓にも同規模の送信所を建設し、相互に補完しつつ使用しているのが現状である。

また指向性アンテナのため、向けている方角によっては電波が微弱になる。

だから全世界へ放送する場合、アンテナの向きを変えて何度か再放送をしなければ充分に伝わらない。通常のラジオアンテナが全方向のポールアンテナなのは、一回の放送で全方向へ電波を送り届けるためなのだ。

それをあえて指向性にしたのは、確実に地球全体をフルカバーできる能力が必要だったからである。

さて……。

午前四時に行なわれた放送は、東條英機首相による宣戦布告だった。

『先日、ソ連軍およびモンゴル軍の混成部隊による満州里侵略が行なわれた。そのため我が国は、ただちに国際法に基づく即時戦闘停止と即時全面撤収を、侵略部隊および部隊の指揮統括国家であるソ連に対し行なった。

しかし期限の本日午前四時に至るも、侵略軍は撤収どころか戦闘停止すらしておらず、いまも満州里にある大規模炭田のすぐ西にある、満州軍の第三阻止陣地を攻めたてている。

すでに満州里の市街地は侵略軍が制圧し、第一／第二陣地も陥落した。このまま座して静観すれば、第三陣地の陥落と同時に、いまや日本にとって生命線ともいえるジャライノール炭田はソ連の手に落ちるだろう。

むろん国土を蹂躙された満州帝国は、我が国に対し、日満安全保障条約に基づく即時参戦を求めた。しかし我が国は、今回の侵略行為がソ連軍部の暴走による不慮の出来事である可能性を鑑み、まずは正確な情報を求めることにした。

すると……調べれば調べるほど、今回の満州侵攻は、ソ連中央執行部が直接的に関与した国家ぐるみの陰謀であることがわかった。さらには、連合国の盟主である合衆国大統領府とも謀議した結果の、徹底して日本を潰すための共同謀略作戦であったことが判明した。

それらの逃れられない証拠は複数ある。しかも状況証拠ではなく、ソ連のスターリン書記長の肉声録音まで確保してある。スターリン書記長自身が、満州里侵攻を命じている言質が、録音された状態で存在するということだ。

ここまで明白な証拠が出てきた以上、大日本帝国政府としては、今回のソ連軍による満州侵攻は、第二次世界大戦の一部として実施されたと判断せざるをえない。つまりソ連は連合国の一員として、合衆国同様、日本に対し戦端を開いたと結論する。

よって我が国は、国際法に定められている手順に従い、ここにソビエト連邦とモンゴル共和国に対し宣戦を布告する。正義も道理もなく、なんら挑発もされていないのに、身勝手な政治的判断で他国を侵略した責は、すべてソ連側にある。

これより大日本帝国は満州帝国と連携し、ソ連とモンゴルに対する戦争を迅速に遂行する。

仕掛けてきたのはソ連である。よって我々は容赦なく侵略者を叩き潰し、さらには出撃拠点となっているソ連領内の主要都市を一時的に制圧し、二度と今回のような謀略を思いつかないよう徹底的な懲罰を与える。以上、大日本帝国首相・東條英機』

なんともはや苛烈すぎる宣戦布告である。

これを聞いた全世界の国々は、本気で日本が錯乱したと感じたことだろう。

つい先日、欧米列強とされる英蘭仏と戦争をはじめたのに、アメリカ合衆国からの宣戦布告まで受けて立ったのだ。これにソ連まで加わるのだから、枢軸国を除く全世界の先進各国相手に戦争することになる。

これは正気の沙汰ではない。

だから日本は、追い詰められ過ぎて錯乱した……そう感じるのも当然である。

だが、それは根本的に間違っている。

東條英機の苛烈な発言は強い自信の現われであり、圧倒的な軍事力を背景とした上での、ごく控えめな発言なのだ。

そしてそれは、一時間もしないうちに現実のものとなったのである。

＊

満州里、同日深夜……。

——バゥン！

いきなり第三遅滞陣地に接近していたT‐34の一輌が、高々と砲塔を吹き上げながら停止した。

満州里の戦場は、いまやジャライノール炭田西側出口のすぐそばにある第三陣地へ移っている。

ここはもともと、炭田を守る最後の砦《とりで》として造られたものだから、第一／第二とは違い、本格的な阻止陣地の構造になっている。

下手に第一／第二で応戦して戦力を減らすより、ここまで一気に下がって全力で抵抗する。

それが最初から決められていた日満軍の戦い方だったが、攻めるソ連軍から見れば、ろくに戦いもせず遁走した弱虫に見える。

第二陣地も軽く踏破したT‐34部隊は、陣地の自爆にまきこまれないよう用心するだけで、あとは歩兵部隊すら伴わず突進してきた。

「四番戦車が殺《や》られただと⁉　まだ敵陣地まで八〇〇メートルもあるぞ‼」

殺られた四番戦車が所属している第一戦車大隊第二二中戦車小隊の小隊長——エゴロヴィッチ・パナーキン准尉は、信じられないものを見たかのうように、上半身を砲塔ハッチの上に出したまま叫んだ。

今回の作戦に参加しているT‐34は一九四一年型であり、新型の七六ミリ砲に換装したものだ。装甲も強化されていて、砲塔前面は五二ミリに達している。

ただし、いま開発中の六角砲塔（一九四二年型）ほどの抗堪性能はない。

それでも自分の主砲（F‐34・七六ミリ戦車砲）の射撃に、一〇〇〇メートルの距離で耐えられる能力がある。

それが八〇〇メートルであろうと、相手が大口径対戦車砲以外なら、真正面から攻撃されても大丈夫……そう思っての突撃だった。

むろん第一戦車大隊は、無謀に突撃したわけではない。

これまで戦車を小出しにして敵の第三陣地の様子を探っていたが、敵陣地は水平に打ち出す迫撃砲のようなものが最大火力らしく、八〇〇メートルだと何とか届くものの、T‐34の砲塔正面だけでなく車体正面の装甲も射貫けなかった。

そこで日本が期限を切った午前四時に、生意気な鼻っ柱をへし折るため、第一戦車大隊による集中突撃が実施されたのである。

予定では、このまま突撃して敵陣地を蹂躙、その間に廻りこんだ第二戦車大隊が敵陣地の側方と後方を確保、最後にモンゴル軍の騎兵部隊と歩兵部隊がなだれ込んで殲滅する……となっている。

ところが第一戦車大隊が突進を始めて間もなく、敵陣地から一斉に白煙が上がり、シュルシュルとロケットのようなものが飛んできた。

それは余裕で八〇〇メートルを水平飛行し、そのままT‐34の砲塔正面基部に命中した。そして小さな火花を散らしたが、その直後、いきなり砲塔が吹き上がったのである。

ソ連側から見れば、じつに信じられない光景だったに違いない。

それもそのはずで、射たれたのは満州軍が使用した水平式迫撃砲のようなもの――八センチバズーカではない。

これまで秘密にされていた、九八式携帯対戦車擲弾筒（通称『五八ミリ無反動砲』）なのだ。

第三陣地に展開していた日本陸軍……。

第一七師団第一七一対戦車連隊に所属する第一対戦車歩兵大隊が、午前四時の開戦にあわせて秘密兵器を解禁したのである。

五八ミリ無反動砲は、ようは令和世界のRPG‐7（正確にはRPG‐16）のデッドコピー品だ。

令和世界ではありふれた旧式装備だが、ことゲリラ組織や発展途上国では未だに重宝されている。

それを昭和世界に持ちこんだのだから、性能は時代を超越している。

そのため最高機密装備として厳重に管理されていた。それが宣戦布告により、ようやく解禁されたのである。

「撤収する！」

パナーキン准尉は、なにかしら不穏な空気を感じ、ほとんど本能的に指揮下の戦車小隊に撤収を命じた。

と、その瞬間！

――ドガッ！

恐ろしい轟音が響き渡り、すぐ横にいた二番戦車の車体の斜め前から斜め後方へ、水平射撃された高速砲弾が貫通していくのが見えた。

それを目の当たりにしたパナーキンは、今度もまた、一瞬だが何が起こったのかわからなかった。

敵の放った砲弾の射入孔は、奇妙なほど小さかった。

直径は三センチ弱くらいしかない。

だが、斜め後方にできた射出孔からは、凄まじい火炎とともに溶けた金属や燃える有機物などが噴き出ている。射出孔の直径も数十センチはあるように見えた。

しかし、熟考しているヒマはない。

二輌も狙い撃ちにされ、残っているのは三輌のみだ。

急いで退避しないと全滅する……。

「そのまま後退しろ！　敵に横腹や背中を見せるな‼」

撤収速度は落ちるが、ここはもっとも防備の厚い正面を向けたまま、バックで移動すべきだ。

咄嗟の判断だったが、操縦手はしっかり命令にしたがった。

ひときわ大きなエンジン音とともに、大量の排気煙が盛大に吹き上がる。

パナーキンの戦車がゆっくりと後退していく横を、慌てふためいた指揮下の戦車が横腹を見せて旋回しようとしていた。どうやら命令が聞こえなかったようだ。

――ドッ！

――ガッ！

ほぼ同時に、二輌のT‐34が側面を貫通され動きを止める。

「何なんだ、一体！　T‐34は無敵なんじゃなかったのか‼」

攻撃している敵の姿すら見えないというのに、自分の小隊はもう全滅同然だ。

こんな理不尽な戦争、あってたまるものか……。

自分の戦車だけになったパナーキンは、それでもなお、生をもとめてあがき続けた。

＊

「攻撃やめっ！」

マイクを手に持った広瀬《ひろせ》孝幸《たかゆき》小隊長（少尉）は、指揮下にある三輌の一式駆逐戦車『撃虎』にむけて、一式乙型超短波無線電話で命令を発した。

「以後の目標を陣地右側の敵戦車に変更する。射撃開始は、準備ができた者から順次行なって宜しい。では始めろ！」

広瀬は日本陸軍の独立第六機甲師団・第六二戦車連隊第一駆逐戦車大隊に所属している。

第一駆逐戦車大隊には、一式駆逐戦車一八輌／一式砲戦車六輌、大隊護衛として八輌の一式中戦車／八輌の九五式中戦車、二個擲弾兵中隊がいる。

このうちの一個中隊相当……。

一式駆逐戦車六輌／一式中戦車四輌／二個対戦車歩兵小隊が第三陣地に入っていた。

接近してくるT‐34を狙い撃ちにしたのは一式駆逐戦車だ。

発射した砲弾は一二〇ミリ翼安定徹甲弾。

この砲弾は、たとえ相手がヤクートティーガー駆逐戦車であろうと、一〇〇〇メートルの距離から正面を貫通できる。だからT‐34の装甲など紙のようなものだ。

ただし……八〇〇メートルの距離からT‐34の正面装甲を射貫くだけなら、なにも一式駆逐戦車を使う必要はない。

護衛についている一式中戦車『戦虎《せんこ》』の七〇口径八〇ミリ戦車砲と、八〇ミリ翼安定徹甲弾でも楽勝で貫通できる。

なのに、あえて一式駆逐戦車を使ったのは、相手に与える精神的な衝撃を最大にしたいためだった。

なにしろ第三陣地にやってきた独立第六機甲師団に所属する部隊は、一個中戦車中隊／一個駆逐戦車中隊／二個対戦車歩兵小隊のみ。主力機甲部隊は、いまごろ別方向へ驀進《ばくしん》している。

いま広瀬たちが対峙しているソ連軍は、じつに二個装甲連隊に相当する。

T－34の数だけで一〇〇輌を越え、歩兵や砲兵部隊も合わせると、ゆうに一個師団規模になるだろう。

それを陣地を守っている満州軍と日本軍二個連隊、それに加えて独立第六機甲師団の一個大隊だけでせき止めろというのである。

端から見ればムチャ過ぎる要求だが、日本側はこれで充分と判断していた。

それだけの能力があるからこその少数布陣であり、残りの主力部隊のすべては、敵部隊の退路を断つためと出撃拠点を殲滅するため、そして日本軍を舐めると痛い目にあうだけでは済まないという意思表示のため、あえて国境を越えたソ連領のザバイカリスクへ逆侵攻することが決まっていたのだ。

独立第六機甲師団の主任務は、ザバイカリスクの丸ごと制圧である。

ソ連が後方待機させている二個師団とザバイカル混成軍司令部もろとも蹂躙するというのだから、これはもうこの時代の常識からすれば頭がおかしくなったと判断される。

だが、日本軍にとってみれば当然の帰結であり、ほとんど無人の荒野を驀進するようなもの……それだけの戦力差があると確信した上での作戦実施だった。

そして実際に、なんとザバイカリスクは三日間で陥落した。

行き場を失った敵混成軍は、部隊の半数を失うという壊滅的被害を出しながら、はるか西にあるモンゴル領内の前線基地まで逃げ延びなければならなかった。

短期間でザバイカリスクが落ちた原因は、むろん独立第六機甲師団の徹底した市街地戦闘にあるが、もうひとつ、斉斉哈爾《チチハル》にいる日本陸軍満州東北方面航空隊に所属する第四二対地攻撃隊が、全力で対地攻撃支援を行なったせいもある。

地上掃討の専門家である一式双発対地攻撃機『天撃』が一回につき六機も出撃し、それを三交代で昼間いっぱい続けたのだ。

これに同基地の第四一爆撃隊の陸軍九四式双発爆撃機『呑龍《どんりゅう》』／一式双発爆撃機『爆龍《ばくりゅう》』まで加わったのだから、ザバイカリスクはたまったものではない。

当然と言おうか……ザバイカリスクにいた二個歩兵旅団（守備隊）は、とても勝てる相手ではないと察知するや否や、驚くことに全力で北方へ遁走しはじめた。

その敗走が止まったのは、北西に一五〇キロほど行ったところにある交通の要衝――ボルシャの市街地直前であった。

ボルシャには、チタから駆けつけたシベリア中央軍の四個師団が待機していた。

そして敗走部隊には運の悪いことに、四個師団の中にはＮＫＶＤ（内務人民委員部）に属する督戦隊一個連隊も随伴していた。

二個師団に対して一個連隊では何もできないと

思うかもしれないが、NKVD部隊は別格だ。

スターリンの直接命令で動く粛清専門の部隊であり、敗走してくる味方を銃砲撃で戦場へ押し戻す目的のために編成された特務部隊なのだ。

それだけに、ボルシャ市街の南側に展開した督戦隊の放った一斉射撃と、拡声器による『戦場へ戻れ！』の命令は、まさしく地獄の悪魔が放った一撃となったのである。

五

二一日午前七時　日本海

第四空母艦隊……多聞の指揮下にある空母はじつに八隻。

正規空母こそ隼鷹／飛鷹の二隻のみだが、これに軽空母天燕／海燕、護衛空母海雀／沖雀／凰雀／雲雀が従っている。

指揮下に護衛空母がいることでわかるように、この空母艦隊は、正式には『機動艦隊』ではない。海軍内の分類でも『空母支援艦隊』となっている。

ようは敵艦隊から逃げ回る必要のない海域において、主力艦隊の後方支援や陸軍を支援するため対地攻撃に従事する艦隊である。

なのに空母機動部隊を意味する一桁の艦隊番号が与えられているのは、そのうち正規空母や軽空母だけで構成する機動部隊に改編される予定があるからだ。

「各航空攻撃隊、おおむね母艦への収容を終了したとの連絡が入りました！」

ウラジオストク攻撃が開始されてから一時間弱しかたっていない。

なのにもう、帰投しただけでなく母艦へ降り立っている。

やはり空母航空隊にとって一四〇キロという距離は、ちょいと散歩に出た程度ということなのだろう。

「おおむね？」

報告を聞いた多聞は、報告にあった曖昧表現に咬みついた。

「最後まで残って敵軍掃討をしていた艦襲隊が、まだ着艦中です！」

適当な報告をしたわけではないと、通信参謀が強めの口調で追加する。

「そうか、艦襲隊か……となると飛鷹のみの部隊だな。よし、飛鷹の着艦が終了したら、ただちに対空・対潜の複合陣形に組みなおす。それが終わったら、いったん南下して明日に備える。いいな！」

聞きなれない『艦襲隊』という名は、むろん新機種（艦上襲撃機）による第四の飛行隊のことだ。

第四空母艦隊では、空母飛鷹に一個飛行隊が搭載されている。

この飛行隊は、新規に開発された海軍一式艦上対地襲撃機『雷電《らいでん》』で構成されている。

この機はもともと、陸軍の九五式対地攻撃機の後継機種として計画されたものだが、早期に海軍から『陸戦隊に新設する航空隊用の万能機が欲しい』との要求があり、急遽、陸海軍共有開発という初めての試みがなされることになった。

それがなぜ空母にいるかといえば、将来的に陸戦隊には護衛空母が常駐し、いわば令和世界の強襲揚陸艦（軽空母仕様）と同じ働きをさせようという思惑があるからだ。むろん鳴神武人の発案である。

対地攻撃専用機のため、九五式と同様、機体下面全体に防弾板が張り巡らされている。

そのせいで機体サイズは艦戦の『駿風』とさほ

ど変わらないのに、重量はなんと二〇〇〇キログラムも重い。

エンジンは排気量の大きい金星改一二型があてがわれているが、それでも機体性能は凡庸だ。

半面、武装は強烈で、機首に同軸設置された九九式三〇ミリ速射機関砲は、従来型より発射速度が二倍となっていて、使用される砲弾も徹甲および爆砕効果が高いものに変更されている。

そのため戦車なら上面装甲三〇ミリまでは余裕で貫通するし、航空機なら当たれば直径五〇センチの大穴があく。有効射程も一四〇〇メートルと異常なほどだ。

両翼の九九式一二・七ミリ長銃身機関砲も、携行弾数が飛躍的に増えている。

だから、たとえ機体性能で負けていても、この強武装と機体下面の装甲がある限り、敵機に遅れを取ることはない（とくに陸戦隊用機は高張力鋼と防弾布の二段装甲になっているため、一二・七ミリ弾だと完全阻止、二〇ミリ弾も角度によっては阻止できる仕様となっている）。

「そうなりますと、夜っぴいて対潜哨戒を実施することになりますが？」

部隊を休ませるつもりのない多聞を見て、作戦参謀が苦言を口にした。

「自分の身は自分で守るしかない！　ウラジオストクは破壊したが、あそこに所属しているソ連潜水艦のうちの幾ばくかは、いまも日本海をうろついているんだぞ？　そいつらを全滅させないかぎり、安眠なんかできるもんか！」

いくらなんでも全滅は無理だが、その意気込みだけは認めてやりたい。

おそらくソ連潜水艦は、いち早く日本海から間宮《まみや》海峡を抜け、東シベリアのマガダンか、もしくはカムチャッカ半島の潜水艦補給基地へ逃げ延びたはずだ。

そこに逃げたからといってどうにかなるわけではないが、少なくとも撃沈される恐怖からは逃れられる。

太平洋でゆいいつの基幹軍港であるウラジオストクを失ったのだから、当然の結果だった。

「了解しました。では駆逐隊にそう伝えます」

「うむ、それで良い。それよりウラジオストクに残っている潜水艦は、確実にしとめたんだろうな？　あそこには、ソ連海軍の保有する潜水艦の五割以上が在籍しているんだ。それが出てくると邪魔過ぎるのだが……」

この質問は作戦参謀ではなく、となりにずっと立っていた葦名三郎《あしなさぶろう》艦隊参謀長に対してのものだ。

葦名三郎は、多聞の艦隊に配属されるまでは、中部太平洋方面艦隊首席参謀を務めていた、いわゆるエリートである。

山口多聞自身が海軍の若手エリート筆頭と言われているのだから、この第四空母艦隊は、連合艦隊に参加する大前提で経験を積むための、若手の実戦訓練の場になっているらしい。

「艦爆隊の奮戦により、港に係留されていた八隻を破壊しました。あと未確認ですが、艦襲隊も砲撃で二隻に被害を与えたとの報告があります。射ち漏らした艦もあるようですが、それは明日の航空攻撃で対処する予定になっています。

また港を脱出した潜水艦は、海型駆逐艦二隻と洋型フリゲート四隻を前進配備させ、今朝までに四隻を沈めています。ここまで徹底すれば、敵も安易に港を出ようとはしないと思います。

すでに出てしまっている潜水艦については、発見したら艦隊護衛艦をフルに投入しますので、絶対に空母群へは接近させません！」

宣戦布告後に出てきた敵潜水艦は、ことごとく撃沈したらしい。

しかし布告前は素通りさせているから、平時の任務と称して何隻かは日本海に出ている可能性が高い。それがそろそろ接近してくる頃だった。

多聞の艦隊は、対空担当艦が少ない代わりに、過剰なほどの対潜駆逐担当艦が随伴している。小型のフリゲートとはいえ、六隻もいれば余裕で潜水艦狩りが可能だ。

そのため足の遅い護衛駆逐艦は、数少ない対空担当といえる。

あまり動かない空母群に張りつかせ、万が一の空襲に備えている。

もっとも艦隊直衛は四隻の筑後《ちくご》型軽巡に任せてあるから、護衛駆逐艦はあくまで補助である。

「陸軍のほうは、うまくタイミングを合わせてくれるのだろうな？　俺たちだけ奮闘しても、なんの意味もないいんだから」


「それについては、朝鮮北東部方面司令部のある羅先《ラソン》の朝鮮第二軍団から四個師団、豆満《トマン》前線警備軍の二個師団、そして後方には、清津《チョンジン》駐屯地に第二管区から派遣された第二師団第二一／二二戦車連隊、第二三擲弾歩兵連隊が控えています。それでも時間がかかるようでしたら、平壌《ピョンヤン》の朝鮮第三軍団を投入する予定です。

これとは別に、満州国軍の東部方面軍四個歩兵旅団が牡丹江に集結しています。このうちの二個軽機動連隊がすでにソ満国境に張りついていますので、我々の攻撃と同時に、ウラジオストク北部にあるボグラニチニへ進撃を開始する手筈になっています」

「満州軍はともかく……豆満前線警備軍は、今日中にどこまで来る予定だ？」

いくら多聞たちが対地攻撃で支援しても、肝心の攻略部隊である陸軍部隊が亀の歩みでは無駄骨に終わる。

　自分たちは絶対に失敗しないと自負している多聞だけに、協調して動く陸軍部隊が気になってしかたがないようだった。

「豆満前線警備軍は、全部隊がすでに豆満江《とうまんこう》を渡った朝鮮領区の陣地に駐屯していますので、そこからクラスキノ、スラヴャンカを制圧したのち、ウラジオストクの北東三〇キロにあるアルチョームで満州軍と合流、そのまま南下してウラジオストク包囲網を形勢します」

　これらの動きは、明日の朝までに完了する予定になっている。

　陸軍歩兵部隊の進軍は、平均すると一日四〇キロが精一杯だ。

　なのにこの作戦は、当然のように八〇キロ以上の踏破を要求している。

　それらを可能とするためには、最低でも先鋒部隊のすべてが自動車化されていなければならない。

　そして現実に、朝鮮方面軍と満州軍の先鋒は、そのすべてが自動車化歩兵部隊か軽機動部隊だった（砲兵部隊ですら自動車牽引式となっている）。

「まあ、ウラジオストクは武力で制圧するのではなく、あくまで包囲して降伏させる予定だからそれでいいが……見た目だけはいきなり突入する気迫で迫らないと、相手もそう簡単には降伏してくれんぞ？」

「そこは陸軍さんに任せるしか……なにせ我々は今回、陸戦隊をともなっていませんので」

　残念そうに答えた葦名三郎を見て、山口多聞はすこし笑顔を見せた。

「おらんもんは仕方がない。そのぶん、陸戦隊には樺太方面で活躍してもらう。あっちは海軍護衛総隊の管轄だから、大型艦艇がいないぶん陸戦隊ががんばらんとな。

いきなり間宮海峡のソ連側へ上陸させるんだから、橋頭堡さえ確保できれば、あとは精強でならした陸軍北部軍管区の雄……第五機甲師団が、一気にハバロフスクまで蹂躙してくれる」

九州の第六機甲師団が満州里に投入されたのと同じように、北海道の札幌を本拠地としている第五機甲師団は、他の第五歩兵師団／第一二砲兵旅団／第三軽機動師団らとともに、海軍護衛総隊が提供する六〇〇隻もの海防艦／海防艇／輸送艦／沿岸警備艇／対地支援艦に支援され、一気に極東ロシアへなだれ込むことになっている。

なんと樺太本島（ソ連領の樺太北部）は、南部にいる樺太方面軍がじわじわと北上するまで放置するというから驚きだ。

とはいえ間宮海峡のソ連側を奪取されたソ連のサハリン守備軍は、完全に孤立してしまう。その状況で、どれだけ抵抗できるか怪しいものだ。全滅する覚悟がなければ、意外と早い段階で白旗を上げてくるかもしれない。

ともかく統合日本軍がたてたソ連方面の作戦は、あと四ヵ月後にせまっている『シベリアの冬』を前に、全作戦を終了させる予定になっている。

冬が訪れたら、越冬専門に鍛えあげた守備部隊と交代し、進攻部隊は全軍が満州と北海道方面へ撤収する。

その時点でソ連の沿海州は、ウラジオストクを含め、全域を制圧している必要があるのだ（朝鮮方面軍と満州軍の一部は、冬期もウラジオストク周辺に駐留する）。

満州北部は満州国内にいる日本駐留軍に任せ、朝鮮管区軍と日本本土からの派遣軍は、すべて沿海州制圧のため電撃的な進軍を行なうのである。

これらが可能になったのは、中国方面軍とビルマ方面軍（インド侵攻担当軍）を丸ごと他方面にシフトできたからだ。

いま多聞が行なっている対地支援は、それらすべてを可能とするための最初の一撃に他ならないのである。

「ウラジオストクさえ落とせば、沿海州の守りはハバロフスクまで大きく後退する。そのハバロフスクも、北から第五機甲師団に攻められ、そう長くは持たんだろう。となると冬が到来する一一月には、ソ連軍の主力はシベリア中央にあるべロゴルスクまで下がるしかない。

当然、冬に強いソ連軍は、なんとしても沿海州を取りもどそうと、まずハバロフスク奪還作戦を実施するはずだ。それを春まで跳ねのけるのが、ハバロフスク越冬隊二個師団となる。

だが、たった二個師団では、いかに篭城しても耐えられない。そこで大挙してやってくるソ連軍を側面から叩くべく、満州陸軍の冬期特殊作戦部隊が、満州北東部からソ連領へ越境し、シベリア鉄道を寸断する遊撃作戦を展開する。

冬が終わり、悪夢の泥濘が広がりはじめれば、こちらの勝ちだ。最終的には夏までにチタまで制圧し、そこでソ連に対し停戦を呼びかける。停戦に応じない場合は、チタに航空基地を設営し、恒常的にイルクーツク／ウランバートルを爆撃し、ソ連の継戦意欲を削ぐ作戦が展開される。

日本軍と満州軍は、チタより西へは進まない。最終的に確保するのはバイカル湖周辺とイルクーツクまでの東シベリアだが、イルクーツクはいずれソ連に返還し、バイカル湖を東西に隔てる線が暫定的な国境になるだろう」

なんと日本は、シベリアの半分を手に入れるつもりらしい。

鳴神武人が可能と言わなければ、誰もが絶対に無理というような戦略である。

だが鳴神は、『対米戦を行ないながら、どこまで対ソ戦に踏み込めるか』を、令和世界のスーパーコンピュータを使って幾度もシミュレートした結果、満州国と共同であれば、シベリアの半分までは現在の国力でも大丈夫という結論を得ていたのである。

「まったく……連合艦隊が米海軍部隊を壊滅させてくれたから良かったものの、もし米海軍に反撃できる余力があれば、日本はこの先、かなり苦しい戦いを強いられていたところですよ」

どうやら葦名三郎は、鳴神武人と未来研究所のことを信じきれていないらしい。

なにしろ武人とは、作戦開始の前に市ヶ谷の指揮所で一回だけ会った程度だし、それも会話すらせず遠くから見ただけだ。

これに対して山口多聞は、山本五十六《やまもといそろく》の紹介で、料亭で酒を呑み交わしているぶん、ある程度のことは知っている。

「鳴神侍従長補佐は、かなり執着する気質に思える。その彼が徹底的に機械演習とやらをやったそうだから、こっちとしては信じるしかあるまい？　なにせ彼らは、約束通り日本の国力を対米比二分の一まで向上させたし、陸海軍の増強計画もすべて前倒しで達成してくれたからな」

八年の歳月をかけて鳴神たちがやったことは、いまでは日本で戦争を遂行している幹部たち全員が知っている。

武人と未来研究所は、ウソや誇張を言わない。言ったことはすべて実現させている。

となれば今回の対ソ戦略も、達成確率八八パーセントというスーパーコンピュータが叩き出した数値を信じるしかなかった。

「東南アジアが片付き次第、陸軍はパプア／ニューギニア方面とフィリピン方面に取りかかる。

海軍は陸軍の支援をしつつ、いよいよ太平洋の南北方面で同時に動く。だが……詳しくはまだ極秘になっているので「あとのお楽しみというわけだ」

さらりと多聞の口から、とんでもない言葉が飛び出てきた。

そう……。

令和世界の過去では、これから日本軍は南太平洋へ進撃した。

その途中でミッドウェイ海戦が勃発し、そこで主力空母を根こそぎ失い、南太平洋での作戦実施にも支障を来すようになった。

だが昭和世界の現在、ミッドウェイ海戦に匹敵するものは、いまのところ起こりそうにない。先のマリアナ沖海戦がそうだとも言えるが、敗北どころか大勝利した。

となれば日本は、安心して太平洋全域を刈り取ればいい……。

そう誰もが思うところだが、どうやら鳴神武人の考えは違うようだ。

極秘にされている作戦は、またもや常識を大きく外れている可能性が高い。

いったい武人は何をするつもりだろうか……。

第二章　脅威の国、日本！

一

一九四二年（昭和一七年）八月　横浜

横浜にある三菱重工本牧工場（横浜製作所）、そこにある二基の五万トンドックでは、いま突貫で白鳳《はくほう》型正規空母が建艦されている。

日本海軍史上最強となる予定の空母だけに、どうしてもそちらに目が行きそうなところだが、わざわざ皇居からここまで鳴神武人がやってきたのは、まったく別の用件であった。


いま鳴神と第八艦隊（第一潜水艦隊）司令長官の醍醐《だいご》忠重《ただしげ》少将がいる場所は、空母を建艦しているドックより五〇〇メートルほど北——本牧埠頭寄りに行ったところにある小型船台群のほうだ。

合計で一二基の小型ドックと船台がひしめくここそが、日本海軍にとって建艦のメッカとなっている。

むろん横浜だけでなく、神戸／長崎／舞鶴／名古屋に同規模のものが存在し、函館／佐世保／呉／仙台／伊万里にも、やや規模が小さい造船所がある。国外に目を転じれば、すでに台湾の基隆に中型艦用大規模造船所が、高雄に小型艦用中規模造船所が稼動中だ。

その他にもシンガポール軍港に、補修用をかねた五万トン／三万トンドライドックが各一基に、日本では珍しい一万トン浮きドックもある。船台は各サイズあわせて十数基あるが、これは英国統治の置き土産でいまは軍民共用となっている。

朝鮮は、令和世界においてあれこれ歴史問題で文句を言われているため、鳴神武人の強い希望で総督府制ではなく、朝鮮人による自治民政府で統治する形に変更された。

民政府のアイデアは、令和世界の戦後に沖縄が合衆国の統治となり、そこに琉球民政府が置かれたことがベースとなっている。

たとえ民政府が統治組織になったとしても、主権まで与えられるわけではない。返還前の沖縄と同じく、あくまで主権は実質支配をしている国にあり、民政府は支配国の政府に『これこれ、こうしたいが、よろしいか？』とお伺いをたてる必要がある。

これを武人は『高度な自治』と言っているが、どことなく違う気がする。

それでも、朝鮮人による民政府が率先してやりたいことを日本政府にお伺いしない限り、日本政府からアレコレやれと命令することはなくなった。

当然、日本が率先して造船所を作ることはなく、すべて民政府や朝鮮人経営者が、日本から有償技術供与を受けて建設することになっている（民政府は徴税を行なう権限を与えられているが、それを予算化する段階で日本政府の許可が必要になる）。

これは他の分野も同じで、鉄道や学校の新規建設ですら、地元民への徹底した同意と自己資金をチェックした上で、あくまで朝鮮人と朝鮮民政府が日本に技術を売って欲しいと嘆願しなければ、ほとんどの場合、未熟すぎて着工できない。

そういうわけで、いま朝鮮にある造船所は、大型漁船を造船できるレベルまでしか発展していない。軍用も、もっぱら沿岸警備船（五〇〇トン以下）クラスを、日本政府の注文で納入している程度である。

現在の状況はこんなところだが、これだけある各地の造船所の中でも、ここ本牧工場だけは別格だ。

なぜならここは、鳴神武人と未来研究所が勘案《かんあん》し、海軍工廠が設計した最新鋭艦を、極秘のうちに最初期ロットとして建艦する場所だからだ。

たしかに白鳳型正規空母も機密指定されているが、極秘扱いではない。

そのため建艦していること自体は、時期に応じて徐々に軍部から情報公開がなされている。

だが極秘指定の場合だと、完成するまで完全に遮蔽壁に囲まれた造船所で建艦される。当然、完成して艦隊へ就役するか、もしくは初戦果を上げるまで国民に知らされることはない。

「ここでは、半年前まで潮型対空駆逐艦を建艦してましたが、潮型が定数を建艦して計画満了となりましたので、ようやくこいつに専念することができました」

鳴神にむかってまんざらでもない表情を浮かべているのは、本牧機密造船所長の松本喜太郎《まつもときたろう》である。

松本は、海軍艦政本部で設計部門の主任となっていた平賀譲《ひらがゆずる》の下で、実質的に戦艦大和《やまと》の設計を担当した人物だ。

その大和型が一隻のみで建艦中止となったため、未来研究所の勧誘で謹皇会《きんのうかい》入りを果たし、その後、未来研究所と帝国統合軍総司令部直轄の本牧秘密造船所の所長へ抜擢された。

「松本さんには、もっと画期的な艦を設計してもらいたいんですが……とりあえず設計の専門家を育成するのが急務ですので、いまは我慢して教育に専念してください。ともかく、この海淵《かいえん》型攻撃潜水艦は何から何まで新機軸てんこ盛りなので、そのコンセプトを十全に理解できるのは松本さんくらいしかいなかったんですよ」

鳴神と松本は、『建艦司令所』と呼ばれている移動式ガントリークレーンに併設された鋼鉄製の小部屋の中にいる。

ここからは船台各部で作業している建艦要員たちに、無線や有線で適確な指示を与えられるが、なにより船台の隅々まで見渡せることが特徴である。

「ティアドロップ……どうにも私には、日本語の涙滴《るいてき》型と言ったほうがしっくり来るのですが、ともかく海淵型の外観からして、これまでの伊号潜水艦とはまるで違います。

そのせいで設計に協力した部下たちも、本当にこれは潜水艦として機能するのかと疑う者も多かったですよ。それを説得するのが、私の仕事だったように思えます」


未来すぎるデザインのため部下に信じてもらえなかった松本は、顔をくしゃくしゃにして苦笑いした。

そう……。

伊号／呂号などの『いろは命名』から外れて名づけられた初の潜水艦、それが海淵型だ。

その姿は、令和世界に存在した海自の『うずしお型』潜水艦に良く似ている。

ただし違う部分もある。それはセイルと呼ばれる艦体上部の突起からうしろ部分に、主耐圧船殻の上部にもうひとつ独立した耐圧船殻が設置されていることだ。

これは見ようによっては、伊号型の航空潜水艦の耐圧筒を逆方向に設置したようにも見える。

この別区耐圧船殻があるせいで、海淵型は全体的にもっさりとした感触を与えてしまい、見た目の悪さから設計陣や建艦要員たちには極めて不評なのだ。

「後部耐圧格納庫さえなければ、かなりすっきりしたデザインになるのはわかってるけど……あれは対米戦には絶対に必要なものなんだ。いまネームシップの海淵のほかに、ここで深淵《しんえん》／蒼淵《そうえん》／黒淵《こくえん》／静淵《せいえん》の合計五隻が完成間近だけど、この五隻で潜水戦隊を編成して、いきなり公試から実戦試験まで突貫で行なうことになってる。

　いまの御時世、のんびりと訓練なんかやってられないし、欠陥や不具合を理由に建艦計画を遅らせることもできない。そこで新設される第一攻撃潜水戦隊には、一切合財含めていきなり実戦で戦ってもらいます」

「最悪の場合、潜水試験で潜ったまま戻ってこないということもありえますが……」

「それを踏まえて、乗員たちには戦闘試験員として遺書を書いてから乗ってもらう。もちろん志願だよ。まあ、こいつは安全深度が一八〇メートル、限界設計深度が二八〇メートルだから、そう簡単に水漏れはしないと思うけどね」

　設計者を前にしているというのに、鳴神の尊大な態度はいつも通りだ。

　松本も気にしていないらしく、冗談と受けとっているように見える。

「この艦には主砲装備も対空装備もありません。その代わり、後部耐圧ポッド内に四門の多連装ロケット発射装置が内蔵されています。この艦の武器は、新開発の誘導長魚雷と多連装ロケット弾です。まるで嫌がらせをするためにのみ設計したような潜水艦ですよ」

　今度は松本が、自嘲しながら自虐的なセリフを吐く。

「潜水艦は、それでいいんですよ。清廉潔白な潜水艦なんて、屁の突っ張りにもならない。ボクが求める装備は、究極まで役に立つものだけです。その点、こいつは攻撃型のコンセプト通り、きちんと役に立ってくれると思いますよ」

なにをやるか知らないが……。

あれもこれも機密だらけのため、鳴神や松本がいくら納得していても、いまは海軍上層部と謹皇会界隈しか知らないものばかりだから、世界があっと驚くのは実戦で使われた後ということになる。

これは独立機甲師団の一式戦車シリーズも同様で、いまソ連軍が泣きながら遁走している現場で、ようやく一式戦車シリーズの異常性が認識されているはずだ。

その死ぬまで忘れられないような強烈な印象は、逃げ帰った将兵たちを通じてソ連内部に浸透していく。

そして、やがて誇張や憶測を交えながら、全世界の陸軍将兵を震え上がらせることになるだろう。

この海淵型潜水艦も同じ理由で建艦されたのだ。

けっしてハッタリではなく、それ相応の実力を持っている艦なのだが、それを上回る恐怖をばらまくことで、連合軍の継戦意欲を大きく削ぎ落とす。そのために突貫で作ったのである。

「一式戦車シリーズにしろ海淵型潜水艦にせよ、他国には、数年単位ではカバーできないほどの技術的な格差を持たせてあります。おそらく連合国は、今年いっぱいはうろたえるだけで、ろくに対処もできないでしょう。

本当の意味で一式戦車シリーズを撃破できる対抗手段が出てくるのは、おそらく来年……一九四三年の秋頃と思います。海淵型にいたっては、たぶん一九四四年末あたりまでは、多大な被害を出しながらの従来型対潜駆逐を行うしかない……そう予測しています。

このアドバンテージをボクたちは最大限に生かしきり、徹底的に連合軍を打ち破っていく……これしか日本の未来を手に入れる方法はありません」

鳴神が言えば、ウソも本当になる。

聡明な松本ですら、こと技術面においては鳴神信者の一人にすぎない。

しかし鳴神は、ただの人間だ。

そして人間は間違いをしでかす生き物である。

このことは順風満帆に見える大日本帝国において、一抹の不安として存在している。

ともあれ……。

始まった戦争は、どういう形であれ終わらせなければならない。

それを鳴神の望むかたちへ導けるか否か。

いま日本統合軍は、嫌でも結論へむけて驀進するしかなかった。

＊

「なんなら俺が、日本に仕返ししてやろうか？」

ハワイの真珠湾に浮かぶ戦艦ニューメキシコ。

マリアナ沖で手酷い被害を受けた上甲板は、いまもあちこちに大穴が開いたままだ。

ともかく喫水下の被害を最優先で修理したため、見た目の復旧はじれったいほど進んでいないように見える。

それでも年末には艦隊へ復帰できるよう、強引に予定が組まれている。

そんな痛々しい姿をドック脇の通路から見上げながら、ウイリアム・ハルゼー少将がレイモンド・A・スプルーアンス少将に物騒な物言いをした。

「どうせ陸軍爆撃機かなにかを空母に載せて、東京あたりを奇襲攻撃するんでしょう？　たしかに素人には効き目のある作戦ですが、戦略的な価値は完全にゼロですよ？」

ハルゼーの言動を冗談とは受けとらず、真顔でスプルーアンスは答えた。

「……まったく貴様にかかっちゃ、俺様の妙案もダメダメの駄作になっちまうよな。でも、貴様のいう通りだ。いまは遊びで空母を使う場面じゃないな。まさかいっぺんに三隻も正規空母を失うなんて、思ってもいなかったもんなあ」

ハルゼーとスプルーアンスは、身内の婚姻による親戚関係にある。

そのため、同じ階級でもハルゼーのほうが上位の雰囲気を醸している。

「こうして私たちが無駄話をしている間も、日本軍はパプアニューギニアを攻めたてています。もはや蘭領インドシナは完全に陥落し、英領東インドもビルマまで押し込まれてしまいました。

このままだと早ければ秋にも、南太平洋で海軍同士の衝突が発生するでしょう。その時に何隻の空母を用意できるかで、今後の連合軍の運命が決まります」

「大西洋から回せるのは、多くて二隻だけだぞ？あとはどれだけ護衛空母を作れるかだが……増産計画を立てはじめたばかりじゃ、今年中は大幅な追加は無理だろうな。

となれば、あるもので戦うしかない。用意できる正規空母は二隻、護衛空母もおそらく八隻がせいぜいだろう。これで日本の大空母群に挑めっていうんだ。まったく上層部は人殺し野郎ばっかだぜ」

いま合衆国は、英国本土を陥落させないため全力を投入している。

そのせいで太平洋方面など存在しないような空

気すらある。

しかし合衆国の上層部が見てみぬふりをしても、日本軍は許してくれない。パプアニューギニア全域を制圧したら、オーストラリアが丸裸になる。それでも米豪連絡線が健在なうちは、なんとか広大な国土を盾にして堪え忍ぶこともできる。

しかし、肝心の米豪連絡線を南太平洋で遮断されたら、もう万事窮すだ。

この状況を実現するため、日本軍は必ずソロモン諸島を攻めに来る。これがスプルーアンスの導きだした結論だった。

「まあ、方法はいくつかあると思いますよ。願わくば初陣で大勝利した日本軍が、それなりに慢心してくれれば良いのですが……」

「相手のヘマを期待するなんて、貴様……ボケたのと違うか?」

「慢心してくれればやりやすい、そう申したままです。たとえ慢心せずとも、敵を罠にはめる方法なんていくつもありますからね」

スプルーアンスに謀略戦を任せたら、恐ろしい結果が待っている。

このことを知っている者は、太平洋艦隊司令部にはたくさんいる。しかし合衆国本土となると、とたんに数が減る。しっかり把握しているのは、おそらくキング本部長くらいだろう。

この認識のギャップを何とかしないと、勝てる戦も勝てなくなる。

そう思ったハルゼーは、決心したように声を上げた。

「よし、決めた！　ちょいと俺様は、サンフランシスコまで出張してくる。その間、貴様は反撃計画を練っていてくれ。俺様が西海岸で、貴様のプランを通りやすくなるよう細工をしてくる」

策を練らせるならスプルーアンス、行動させるならハルゼー。

　まさに適材適所だ。

　意気込んだハルゼーは、早くも艦隊司令部に行くため、待たせているジープのほうへ歩いていく。

「やれやれ……策を練るには相手を知ることが肝心なのに、いまのところ日本軍の情報はじつに細々としたものしかない」

　どうしたもんかといった表情を浮かべ、スプルーアンスも歩きはじめる。

　しかしその顔は明るい。

　絶大な自信を持っている者だけが浮かべられる、逆境下の笑顔である。

　米海軍にスプルーアンスとハルゼーあり。

　それくらい鳴神武人も知っている。知った上で策を練っているし、スーパーコンピュータのパラメータにも人物要素として組み入れている。

　それでもなお、武人の胸中に不安が漂うのは、武人が軍人ではなく学者もどきでしかないからだ。

　なにかに長け、なにかが不足している両者が会いまみえるのも、もうあとわずか。

　その時、世界になにが巻きおこるのであろうか。

　それは起こってみないと誰にもわからない……。

二

九月二三日夜　オーストラリア中央北部

　ティモール海に面し、ティウィ諸島に挟まれたビーグル湾の奥……まさに天然の良港というべき場所にダーウィンがある。

　その沖合い四〇〇〇メートル、遠浅の海もさすがに海底まで二〇〇メートルほどになる地点に、オーストラリアへ地獄をもたらす五つの物体が潜んでいた。

「現地時間で二二〇〇《フタフタマルマル》になりました」

午後一〇時になったことを知らせてくれたのは、第一攻撃隊旗艦・潜水艦『海淵』の五十嵐《いがらし》辰摩《たつま》副長だ。

先月はじめには、まだ横浜の秘密ドックにいた最新鋭潜水艦が、もうこんなところにいる。それだけでも驚愕すべき事実なのに、どうやら作戦行動中らしいからさらに驚かされる。

「もう時間か。よし浮上だ」

返事をした仙田《せんだ》美智雄《みちお》第一攻撃隊長兼海淵艦長は、海淵の狭い発令所中央の固定式パイプ椅子に座ったまま命令を発した。

「メインタンク、ブロー」

「主潜舵プラス二五度。副潜舵マイナス一〇度。急速浮上！」

海淵には上下の動きを司る潜舵が二ヵ所、左右合わせて四枚ある。

通常の潜水艦は潜舵一ヵ所二枚と艦尾の主舵で潜ったり浮上したりするが、海淵はより急速な機動が可能なように、艦首近くの左右に二枚、セイルに二枚が設置されているのだ。

ところで昭和世界の日本軍は、けっこう英語を使っている。

これは未来研究所が主導した『軍用語改定要綱』が浸透した結果だ。

令和世界の旧軍は、いらぬ精神主義のせいで英語の使用が極端に制限されていた。そのせいで米英軍の装備や捕虜を確保しても、現場ではなかなか理解に至らぬことが多かったらしい。

それでも旧帝国海軍は比較的英語に寛容で、太平洋戦争中もある程度は使用していたが、積極的に使用するのとでは相当な差が出る。

この言語ギャップを解消し、軍の機能をさらに向上させようという試みが実行され、いまそれが実を結んでいるのである。

「潜望鏡深度！」

「浮上やめ。副長、暗視モードでの潜望鏡索敵を頼む」

完全に浮上する前に、かならず潜望鏡で周辺海域を調べる。

これは各潜水艦がそれぞれ行なうことのため、なにか海上にいれば見逃すことはない。

五十嵐副長に命令した仙田は、つぎに発令所の後方を向いた。

「ロケット班、準備はできてるか？」

「耐圧ポッドのハッチ一番から四番、すべて解放準備できています」

後部隔壁ハッチの前に整列している一六名の乗員を代表して、第一ロケット班長が返答した。

「よし。周辺の安全を確認したら、ただちに浮上する。その後、すぐにハッチを解放し、次に砲座回転、射角調整だ。五分で終わらせろ。いいな！」

「了解、任せてください！」

「周囲に敵影なし！」

「よし、浮上！」

盛大に海水が押し出される音がして、海淵〇一は最後の八メートルを一気に浮上していく。

「浮上。艦の水平を取ります」

操舵手と機関手が巧みに艦を操《あやつ》り、艦を水平に保とうとしている。

ティアドロップ艦のゆいいつともいえる欠点は、海上での安定性に難があることだ。それを艦内に設置された機械式ジャイロと各員の腕でカバーしていく。

「ロケット班、行動開始！」

仙田の命令で、後部ハッチが開かれる。

四名一組のロケット班員が、つぎつぎにハッチの向こうへ消えていく。

ハッチ越しに気合の入った声が聞こえた。

「一番から四番、耐圧ハッチ解放完了！」

別区画として独立している耐圧ポッドのハッチは、電動操作で開閉する仕組みになっている。そのため故障すると、艦外に出て手動で開かねばならない。

幸いにも四基すべてが開いた。

「方位右舷四五度。目標まで四五〇〇。調整終了！」

「上下角三五度。目標まで四五〇〇。調整終了！」

これらの操作も、すべて電動で艦内から行なう。むろん故障した場合は手動である。

最後に仙田が発射命令を下す。

「射てっ！」

――ズドドドドドッ！

盛大に艦体を震わせて、一式一六センチ多連装ロケット発射装置から一式一六センチ中距離ロケット弾が飛び去っていく。

耐圧ポッド内に格納された発射機一基には、四列四段・合計一六発の無誘導ロケット弾が配置されている。

それが四基だから、合計で六四発の連続射撃である。

これまでの潜水艦が対地攻撃を実施するには、一門だけ搭載している主砲に頼るしかなかった。だが、これでは本格的な砲撃など夢また夢だ。

そもそも潜水艦の艦載砲は、水上で他の艦を砲撃するためのものであり、対地攻撃に使用することはほとんど考慮されていない。

しかし海淵は違う。

対艦攻撃は潜航したまま誘導式の雷撃で行なう大前提のため、艦載主砲は最初から搭載していないのだ。相手が水上艦であろうと潜水艦であろうと、海淵は新型誘導魚雷によって攻撃することができる。

その代わり、強烈な対地攻撃手段を与えられた。

それが一式一六センチ多連装ロケット発射装置だ。

これは対地支援艦『岬型』が有する多連装ロケット投射機の潜水艦版であり、射程の延長と一発の大型化が計られている。

それを潜水艦に搭載したのは、鳴神武人の言う『戦略兵器』として使用するためである。

相手にまったく気付かれないまま至近距離まで潜航して接近、最短時間で浮上してありったけのロケット弾を叩きこみ、すぐさま大深度まで潜航して逃げる。

これが可能になったのも、従来型のドラム式爆雷が圧壊してしまう深度一五〇メートル以上まで一気に潜ることができるようになったからだ（さらに言えば従来型爆雷の感圧信管は一〇〇メートル以内でしか起爆できない）。

海淵の安全深度は一八〇メートル。設計最大深度は二八〇メートルに達する。

新開発の単殻で造られた内殻を持ち、高強度・高張力の新型鋼材を使えたからこその、世界に類を見ない涙滴型潜水艦なのだ。

「味方艦、全艦射撃終了。目標に全弾命中。石油タンク群と敵航空基地、盛大に延焼中！」

潜望鏡を覗きこんだままの副長が、弾んだ声で報告する。

「さあ、逃げるぞ。耐圧ハッチ閉鎖だ」

すべて電動と油圧で動くハッチ開閉装置が、ロケット班の操作でゆるやかに閉まっていく。

「ハッチ閉鎖、完了！」

「急速潜航、深度一八〇。急げ！」

いかに夜とはいえ、ここまで盛大に対地攻撃すれば、哨戒艇なり魚雷艇なりが慌てて出撃してくるはずだ。

それらに気付かれる前に逃げる。

徹底した隠密行動こそが、海淵最大の武器であった。

二対の潜舵にあわせ、急速吸水と艦尾の主舵、さらには強力な水中七八〇〇馬力を発揮する高性能モーターのおかげで、通常の潜水艦では考えられないほどの角度で潜っていく。

むろん艦の涙滴型形状も、驚異的な水中機動に寄与している。

すべてが水中機動に特化するため造られた艦、それが海淵型なのである。

「深度一八〇」

「北西へ転舵。最大速度で二〇分航行」

海淵の水中速度は、なんと二二ノット。

これまで最新鋭だった伊一〇〇型が水中一〇ノットなのだから、これはもう潜水艦の革命といって良い。

合衆国海軍の最新型潜水艦であるガトー級でも、水中速力は八・七五ノットしか出ない。安全深度（運用深度）は六〇メートル、最大深度（試験深度／設計深度）でも九〇メートルだ。

よく潜水艦が潜れる深さについて数値が上げられるが、あくまで最大深度は新品でどこにも不備がない状態で潜れる最大の深度であり、これを作戦運用中に頻繁に行なえば、おそらく短期間で戻ってこれなくなる。

そのため作戦運用では、かなりムチャをしても大丈夫な深度として安全深度（運用深度）が設定されている。

絶対絶命の場合、無理して安全深度を越えて潜るのは非常事態の時のみだ。

その時に参考にするのが最大深度であり、そこまで行けばいつ圧壊してもおかしくない覚悟が必要になる。

　海淵の安全深度は一八〇メートル、最大深度は二八〇メートル。

　この時代の潜水艦としては『超』のつく性能と言っていいだろう。

　だからこそできた、ダーウィン奇襲作戦だった。

「海上に小型船舶のスクリュー音。おそらく魚雷艇です。総数二隻……慌てて出てきたようです」

　同じ発令所にいる聴音手が、ヘッドホンを被ったまま小声で報告した。

「無視して退避を続行する。魚雷艇では何もできん。気を付けるのは哨戒艇と駆逐艦の爆雷だけだ」

　その爆雷も、米軍が新型を開発でもしていない限り、深度一八〇メートルに達する前に自爆する。

　自爆しなければ圧壊するのだから、圧壊前に起爆するよう設定されているのだ。


　そもそも昭和世界の既存潜水艦（伊一〇〇型以前の艦）は、最大でも一〇〇メートル潜れない。

　そのため敵の機雷の耐圧能力もそれに合わせて開発されている。

「ティウィ諸島西方海上から、推進音と機関音多数」

「味方が来たぞ。あとは彼らにまかせて、我々は北方で待機中の潜水母艦のところへ戻る。周辺の警戒は第一潜水隊がやってくれるから、我々が神経を尖らせる必要はない。我々の任務はもう終わった。皆、御苦労だった」

　仙田は早くも労いの声をかけた。

　海淵型でも魚雷攻撃はできる。しかも在来型ながら新型の伊一〇〇型でまとめられた第一潜水隊の魚雷より、さらに命中率が高い新型を搭載している。

　しかし与えられた任務は、あくまで対地ロケット攻撃だ。

だから他の任務は他の隊に任せる。それが潜水艦隊の掟だった。

「明け方まで対地支援砲撃、同時に陸戦二個大隊による強襲上陸……夜が明けたら第一〇空母支援艦隊による航空支援とさらなる砲撃、午後までに橋頭堡を確保して戦車部隊を上陸させる。その後は戦車部隊による急速進撃でダーウィン中心部を確保、夕刻までに市街地の半分を制圧する……本当にこんな電撃作戦が可能なのですか？」

ようやく潜望鏡から解放された副長が、まだ信じられないといった顔で質問した。

「少なくとも海の上にいる連中と陸軍さん、そして本土にいる上層部は可能と信じてるだろう。ダーウィンを守る豪州部隊は陸軍が一個師団、海軍がフリゲート中心の一個地方艦隊だ。いずれも我が方の南天作戦艦隊と上陸部隊に太刀打ちできるものではない。

だから作戦達成日時はともかく、作戦を続行していれば必ずダーウィンは落ちる。できれば無血開城してほしいが、それは上陸後に行なう開城勧告次第だろう。

問題はその後だ。いかに日本軍が精強で、日本国の国力が劇的に向上しているとはいえ、まだオーストラリア全土を制圧できるほどにはなっていない。つまり今回の上陸部隊は、あくまでダーウィンを局所的に制圧・確保するだけのものであり、最大版図はダーウィン郊外数キロの範囲に留まるはずだ。

日本軍が守勢に回ったら、そのうち豪州軍の増援が駆けつけてくる。幸いにもダーウィンはオーストラリアの僻地とでも言うべき北端部にあるため、広大な大陸中央部を越えて増援するにはそれなりの時間がかかるだろう。

それでも必ずやってくる。その時、どこまでダーウィンを守りきれるかが問題だ。いちおうティモールとジャワ島には、増援用の二個師団が待機していて、やろうと思えば蘭領東インド方面軍の主力である第六軍を投入することも可能だが……おそらくそうする前に撤収させるだろうな」

「せっかく奪取したのに手放すのですか？」

「一端引いて、また取りにくる。ただし次は別の場所だ。豪州軍はダーウィンに大軍を張りつかせる必要があるから、他の場所はそれだけ手薄になる。撤収後の次の目標は極秘になっているが、ここだけの話として聞け。それはタウンズヒルだ。もっとも、その前にポートモレスビーを制圧して出撃港として整備しなければならんから、タウンズヒルを攻めるのは来年になるだろうが……」

なんと『南天作戦』とは、たんにダーウィン上陸を示す作戦名ではなく、その後も波状的に行なわれる多段式上陸作戦の包括名らしい。

目的は破壊と威圧……。

オーストラリアの大都市は、大半が沿岸部に存在している。

その弱点をピンポイントで突き、徹底的に破壊することによって物理的かつ人心的に疲弊させる。これをくり返すことと、同時に米豪連絡線を遮断することで、オーストラリア政府と国民を絶望へといざなっていく。

いかにも粘着気質の鳴神武人らしい嫌らしい策である。

日本軍は敵の反撃にあまり対抗せずに撤収するから、味方被害も最小限ですむ。問題は一定の戦力をオーストラリア近辺に常駐させねばならないことだが、それは以前にシンガポールにいた南遣艦隊を中心に編成し、上陸支援や輸送艦隊も東南アジア解放作戦で蘭領東インドに留まっていたものを使用している。

つまり連合艦隊主力や北半球にいる陸軍部隊には一切手を付けず、独力で作戦を進行させられるよう最初から計画されていたのだ。

もっとも、これは令和世界の南方軍全般にも言えることだから、鳴神武人のオリジナルというわけではない。

「どのみち我々は、次の作戦実施に至る前に別任務に投入されるでしょうから、今回はこれで終わりでしょうけどね」

「そう言うな。近いうちに海淵型の第二期建艦ぶんの五隻が就役する。そうしたら彼らは、訓練目的で北太平洋に投入されるはずだ。そうなれば我々は、また南天作戦に従事することになる。

ただし次は、今回のような訓練を兼ねた実戦ではなく、正真正銘、本物の実戦になる。その時こそ海淵型の本領を発揮できるはずだ。それを期待しつつ、いまはマリアナ基地に戻ろう」

第八艦隊（第一潜水艦隊）の本拠地は日本本土ではなく、じつはマリアナ諸島のサイパンにある。

令和世界では『バンザイクリフ』と呼ばれていた北端部の湾に、突貫で潜水艦基地が建設されている。そこで整備や補給を行ない、ふたたび作戦実施のため出撃していく。だから日本本土に戻るのは、大規模な修理や改装が必要な時だけだ。

「最近では基地周辺にも民間施設が増えてきたから、南の繁華街までくり出さずとも楽しめるようになっている。基地にいるあいだは、せいぜい羽を延ばすんだな。ただし……帰りつくまでが遠征だ。途中で敵艦に遭遇したら問答無用で沈める。いいな？」

日本海軍の潜水艦が刷新されてからというもの、中央太平洋海域での米側艦船喪失トン数が桁違いに上がっている。

その大半が第八艦隊の戦果なのだから、まさに水上艦キラーそのものだ。

しかも第八艦隊に所属している航空潜水艦『伊二〇〇型』四隻は、遠くハワイ東方海域まで遠征し、そこで密かに航空索敵を実施したり、時にはハワイの補給を全面的に担っているハワイ航路の遮断を行なったりしている。

たった四隻と侮ると痛い目にあう。

伊二〇〇型の安全深度は一〇〇メートルのため、少し無理すれば敵の爆雷攻撃から確実に逃れられるのだ。

ただし在来型の潜水艦のため水中速力は一〇ノットと遅く、潜航時間も一二時間と短い（海淵型は二四時間。なお、艦内で活動不能となる限界時間は、伊二〇〇型が二四時間、海淵型は三二時間）。

そのため充電と換気を頻繁におこなう必要があり、夜間浮上している時に狙われる可能性が高い。

現在のところ被害艦はないが、そのうち撃沈される艦も出てくるはずだ。

そうなる前に、仙田たち海淵型が交代しなければならない。

海淵型は攻撃特化型として世界で初めて制式採用された潜水艦だ。だから攻撃してなんぼ……最初から使用目的が違うのである。

ともあれ……。

連合軍が日本の優位性に気づく前に、どれだけ戦争をリードできるか。

それが武人と未来研究所がもっとも重視している点であり、戦争の趨勢《すうせい》すら左右する重大事でもある。

いまの所はうまく行っている。

しかし、いつまで質的優位が続くかわからない。

追いついてきたとは言っても、合衆国はいまも二倍の国力を有しているのだ。さらには連合国すべてを合わせれば、いったい日本の何倍の国力があるか……。

だから質の優位を量でくつがえされてはならない。

そうなる前に敵を徹底的に潰すしか、日本国の生き残る道はないのだ。

そのために手段を選んではいられないが、さりとて戦争犯罪と後日に誹《そし》られるような行為をすれば、たとえ日本が勝っても胸を張って未来へ突き進むことはできない。

あれこれ考えると、いまだ日本はイバラの道を驀進中なのだ。

それでもなお、未来を勝ち取るしか道はなかった。

三

一〇月八日　ハワイ東方沖

「なんで、この私がこんな任務を……」

軽巡マーブルヘッドの狭い艦橋に立ちながら、F・J・フレッチャー少将は、今日何度めかの愚痴をこぼした。

マリアナ沖海戦で第7任務部隊を指揮したフレッチャーだったが、結果は目を覆《おお》うほどの惨敗だった。それでも三個任務部隊の中ではもっとも被害が少なかったせいで、現場復帰も三人の指揮官の中で最初になった。

とはいえ大敗の将であることには変わらないため、新たな任務は、本来なら格下のやるもの——ハワイと合衆国西海岸を結ぶ海上輸送路の警備となった。

　フレッチャーが率いている第14任務部隊は、軽巡マーブルヘッドを旗艦とする対潜駆逐部隊だ。

　マーブルヘッドの他に同級艦のトレントンがいる。

　この二隻の軽巡が一二隻の駆逐艦を率いて対潜駆逐行動を実施するため、実質的に二個駆逐戦隊に分かれての任務となる（三隻で一個駆逐隊だから、一個駆逐戦隊は二個駆逐隊となる）。

　そのため軽巡トレントンには、空母レキシントンの艦長だったエリオット・バックマスター大佐が乗艦して指揮をとっている。

「マリアナ沖で破れた長官には、なんとしても戦果を上げてもらいたいんですよ。スプルーアンス長官も第13任務部隊を率いて、ミッドウェイ付近の哨戒任務についておられるんですから同じ立場です」

　なぐさめるように返事をしたのは、フレッチャーが第14任務部隊司令長官に着任するにあたり、部隊参謀長として抜擢したアーサー・W・ラドフォード大佐だ。

　慰めても渋い表情を変えないフレッチャーを見て、ラドフォードはさらに言葉を重ねた。

「だいいちニミッツ長官からして、今回の大敗北の責任をとる形で更迭されたキンメル大将の後釜……太平洋艦隊司令長官に据えられたんです。端から見れば栄転に見えますけど、これは実質的に懲罰人事ですよ？」

　任務部隊の長官から方面艦隊司令長官への昇格だから、たしかに栄転に見える。

　だが現状は、それほど甘くなかった。

「ああ、そんなことはわかってる。ろくに戦えない太平洋艦隊の司令長官に着任させられるんだから、これから半年以上、イバラの椅子に座らされるようなものだ。なにかあれば責任を取らされる生贄みたいなものだからな。

いつ日本海軍が攻めてくるかビクビクしなければならんし、もし本当に攻めてきたら勝たねばならないんだ。もしまた負けたら、それこそ大変だ。先月にオーストラリアのダーウィンが制圧されたのを見ても、隙を見せれば日本軍はどこでも攻めてくるからな」

「あれには正直、日本軍の正気を疑いました。いまのこの時期にオーストラリア本土に上陸するなんて、むざむざ兵力を無駄に消耗するだけじゃないですか。ダーウィン占領を維持するだけでも、大量の物資と相応の兵力が必要なんですからね。

対するオーストラリア側は、たしかに戦力不足は否めませんが、代わりに広大な国土という得難い味方がいます。たとえダーウィンを取られても、国の心臓部である東部沿岸地帯は、はるか砂漠の果てです。

日本軍に、内陸部を打通して東海岸へ到達する能力はありません。もしやるなら艦隊を率いて、また上陸作戦を実施するしかない。しかしそれをやると、上陸して制圧した拠点ごとに兵力を取られ、東海岸の国家中枢を攻めるころには絶対的に兵力が不足してしまうでしょう。すなわち、日本軍は逆立ちしてもオーストラリアを征服することはできません」

古典的な軍学に基づいて意見を述べたラドフォードだったが、それでもフレッチャーの顔色は好転しなかった。

「君はそう言うが……私にはどうにも、いまの日本軍は常識で計ってはいけないような気がしてならんのだ。そもそもマリアナ沖海戦からして、絶対に勝てるということで始めたのに、蓋をあけたらコテンパンにやられてしまったじゃないか！」

「それは、その……」

自分自身も勝つと信じて疑わなかったラドフォードは、思わず口ごもってしまった。

「この戦争は、なにかがおかしい。作戦の失敗とか人的ミスとか、そんなものは無視していいほどの、なにか不気味なものが作用しているような……もっとも近い表現でいえば、魔法かなにか仕掛けられたような、そんな気分なのだ」

いまのフレッチャーを合理主義者のスプルーアンスが見たら、どう評価するだろうか。

そのスプルーアンスですら、なぜ負けたのか明確には説明できなかったのだ。

最近になって、様々な交戦データをかき集めて自己流の分析を行なったらしく、どうやら日本軍の艦上機や潜水艦といった正面装備が、いつのまにか最新型に刷新されていたらしいことが、マリアナ沖での直接的な敗因だと結論したらしい。

その話はフレッチャーも聞いたが、やはり納得はできなかった。

それよりもオカルト説を信じたほうが、まだ納得できる。それが体感派のフレッチャーらしいところだった。

「先行して哨戒中の第2駆逐戦隊から緊急通信です！」

通信室からの連絡を連絡武官が伝えに来た。

「内容は？」

小さな部隊のため通信参謀すらいない。

司令長官と参謀長、そしてマーブルヘッドの副長を艦務参謀兼任に抜擢したくらいで、あとはすべてマーブルヘッドの士官が兼任している始末である。

「第2駆逐戦隊・第1駆逐隊所属の駆逐艦リッチフィールドが、敵潜水艦の雷撃で撃沈されたそうです！」

「攻撃した潜水艦はしとめたんだろうな？」

対潜哨戒中の駆逐艦が敵潜水艦に沈められたのだから、これは不名誉極まりない結果だ。

当然だが、残りの駆逐隊は全力で敵潜水艦を追い詰め沈める責務がある。

「それが……」

「まだ沈めてないのか⁉　どこだ、第2駆逐隊の現在位置は！　すぐに我々も向かうぞ‼」

「ま、まって下さい！　敵潜の位置は把握しているそうです。ただ……攻撃できないそうで……」

「なんだ、それは‼」

ついにフレッチャーが癇癪を起こした。

「敵潜は魚雷発射後、速やかに潜航したそうです。そして到達した深度が一五〇メートルと推測されたため、境界変温層などの影響で誤った深度を算定したのかと疑い、何度もピンガーを打って測定したそうですが……結果は同じだったそうです」

すかさずラドフォード参謀長が助言する。

「爆雷攻撃は、最大深度設定が一〇〇メートル以内になっていますので、それ以上の深さは攻撃できません。さらに言えば、八〇メートル以上は深度感知信管がまともに作動しませんので、実質的には八〇メートル以上一〇〇メートル以内で自爆します」

「まさか日本の潜水艦は、圧壊覚悟で一五〇メートル潜ったというのか？」

「いいえ。報告を聞く限りでは、そこまでは潜れる確信があって潜っているようですね。そうでなければ一目散に潜航などしません。おそらく最新型で就役して間もない潜水艦なのでしょう。それならば設計深度に近いところまで潜ることも可能ですから」

新しい潜水艦なら、設計した理論上の最大深度まで潜れる可能性が高い。

これが経年劣化した潜水艦だと、理論上の最大深度より浅いところで圧壊する可能性が高くなる。

これは潜水艦の宿命みたいなものである。

「それにしても……たしか我が軍の最新鋭艦であるガトー級でも一〇〇メートルは潜れなかったように記憶しているが……日本海軍はいったいどんな魔法を使ったんだ！」

ふたたび魔法という言葉が飛び出てきた。

どうにもフレッチャーは混乱して、思考停止に陥っているようだ。

しかたなくラドフォードは、またもや進言するしかなかった。

「長官、そういう事情でしたら……いっそ一時的に哨戒任務を中止し、敵潜が潜んでいると思われる海域を離脱してはいかがでしょうか？　このまだと別の駆逐艦まで、敵潜の犠牲になる可能性があります。そうなる前に退避させ、任務部隊も対策を練る意味で、一度ハワイへ戻るべきだと思います」

「しかし……どの面下げて戻るというのだ⁉」

「お気持ちはわかります。しかし今は、部下と艦の無事を最優先にすべきです」

「……わかった。撤収を許可する」

フレッチャーから言質を得たラドフォードは、別動となっているバックマスター大佐の駆逐戦隊に対し、即座に退避命令を届けるよう命じはじめた。

だが……。

すでに遅かった。

遠くから地響きのような音が届く。

同時に艦橋外のデッキにいる水上観測員が叫んだ。

「指揮下にある第1駆逐戦隊・第2駆逐隊所属の駆逐艦ビアリーが、雷撃を受け撃沈されました！」

それを聞いた途端、フレッチャーは伝音管のある艦橋後部に走った。

ソナー室に通じる伝音管を、備えつけの木槌で叩く。

すぐに返事が来た。

『はい、こちらソナー室。主任のベッカードです』

「ビアリーが雷撃を受けたそうだが、敵潜の位置は把握しているか？」

これはバックマスター大佐の戦隊を襲った敵潜とは違う。

位置的にみて、近くに潜んで攻撃の機会を狙っていたのだろう。

『本艦の左舷後方七六度。深度六〇をさらに降下しつつ同方向へ移動中です』

「知ってるなら、なぜすぐに報告しない！」

『いましようとしていた所です』

フレッチャーの癇癪のとばっちりを受けたベッカードは、それでも不満を滲ませない声で答えてきた。

「ラドフォード！　第1駆逐戦隊の全艦をもって、ともかく敵潜にありったけの爆雷をぶち込め。このさい深度など関係ない。敵潜はまだ六〇メートルだ。早く攻撃すれば間に合うかもしれない。急げ！」

これから敵潜の直上に行って、そこから爆雷を投下しても到底間にあわない。

爆雷の沈降速度は緩慢なため、その間に敵潜は八〇メートル以上の深みに逃げてしまうだろう。

だが、ムチャな命令にもかかわらず、ラドフォードは復唱するに留めた。

ここで反論してもフレッチャーを怒らせるばかりだ。

無駄とわかっていても、ここは攻撃させるべきだろう。そちらのほうが将兵たちの志気も上がる……そう思ったのだ。

だが、それは浅はかな考えだった。

結局のところフレッチャー部隊は、さらに二隻の駆逐艦を失い、失意のうちにハワイへ遁走するしかなかった。

しかも、それで終わりではなかった。

ハワイに帰りついたフレッチャーを迎えたのは、大被害を受けた真珠湾の姿だったのである。

*

「まだまだ……お楽しみはこれからだ」

海上でフレッチャー部隊が右往左往している頃。

海の下では、第二潜水隊旗艦の伊一〇五艦長——友久真吾《ともひさしんご》大佐（艦長兼隊司令）が、頬にニヤついた笑いを浮かべたままうそぶいていた。

第八艦隊の第二潜水戦隊に所属する第二潜水隊は、この前にダーウィンを攻撃した第一潜水戦隊の後輩として新編成されたもので、第一潜水戦隊同様、就役してまだ半月しかたっていないにも関わらず、こうしてハワイ沖まで遠征して実戦訓練にいそしんでいる。

とはいえ、フレッチャー部隊を襲撃したのは第二潜水隊にいる伊一〇五／一〇六／一〇七／一〇八の四隻であり、第二攻撃隊の大淵《たいえん》／赤淵《せきえん》／白淵《はくえん》／龍淵《りゅうえん》／冥淵《めいえん》はハワイのオアフ島近海に、第二偵察潜水隊の伊二〇一／二〇二は、ミッドウェイとハワイの中間地点で待機中だ。

「敵駆逐艦、爆雷を投下」

聴音手が落ち着いた声で報告する。

「起爆する頃には、ヘッドホンを外しておけよ。耳を潰されてはかなわんからな」

「承知しています」

伊一〇五の現在の深度は九二メートル。

なおも沈降中だ。

「伊一〇〇型は、さすがに最新鋭の海淵型には及ばないが、それでも安全深度は一二〇メートル、最大深度は二四〇メートルもある。だから多少無理して一五〇メートルまで潜っても、あって小規模な水漏れくらいだ」

一五〇メートルなら何度が潜ったことがある。いずれも訓練での出来事だったが、たいした事故もなく浮上することができた。

今回は実戦だから安全深度の一二〇メートルで納めるつもりだが、先に攻撃を仕掛けた伊一〇七は、雷撃後の退避中に迷わず一五〇メートルまで潜ったらしい。

潜水艦同士の相対位置を聴音のみで計るのは至難の技だ。

しかし現在の第八艦隊に所属している全潜水艦には、ドップラー式三次元聴音距離測定装置が搭載されている。

この装置は、なんと敵水上艦が発するピンガー音が味方潜水艦の艦体に反射することを利用して、距離と深さを三次元的に知ることができる装置だ。

それらに要する計算は、内蔵されたトランジスタ式演算装置（初期の電卓程度の性能だが）が肩代わりしてくれるため、聴音手は表示される位置と深度のみを見ればいい。

この装置の素晴らしいところは、潜水艦の三次元位置を知るだけでなく、海底の起伏なども、自らピンガーを打つことで知ることができることだ。

残念ながら計算装置の性能が圧倒的に低いため、三次元マッピングなどはまだ夢の技術だが、それでもこの時代では充分に驚異的な技術革新であった。

「いくら性能が上がっても、潜水艦は射ったら逃げることには変わりない。ただ逃げ延びられる可能性が飛躍的に高くなっただけだ。それを頭に叩き込んでおかないと、いつの日か殺られることになる。それが戦争というものだ」

誰に聞かせるでもなく、友久は自分の信条を口にした。

すると、それに応える者がいた。

「でも艦長？　海淵型は潜水艦史上で初めて、積極的に戦略的な目標への攻撃を可能としてますけど？　まあ、彼らのロケット攻撃も射ったら逃げるのには変わりありませんが、射たれる側にとっては寝耳に水ですので、与える影響は計り知れません。

まったく本土の開発陣は、とんでもないものを完成させたものです。これが他国に知られたら、海軍に革命が起きますよ」

すこし茶化した感じながら、副長の水島英一《みずしまえいいち》中佐が応える。

水島と友久は、いわば女房と亭主の関係のようなものだ。

だからこうして、気心の知れた会話をかわすことができる。ここらへんのことは、お堅い連合艦隊司令部では考えられないことだ。

「まだまだ隠し玉は沢山あるらしいぞ。どうやって新機軸を開発しているか、すべてが極秘になってるからまるでわからんが……これまで完成したものだけ見ても、こりゃ大天才がいるとしか思えん。まあ、味方で良かったよ」

「ええ、本当にそうですね……」

水島副長がそこまで答えた時、友久の顔が急に引き締まった。

「そろそろ時間だな」

「はい」

二人は口をつぐむと、目だけで了解しあう。

彼らが従事している作戦は『北天作戦』という。

ダーウィンを攻めた一連の作戦名が『南天作

戦』だから、それと対をなす作戦と言える。

むろん南天作戦が現在も続行中なのと同じく、北天作戦も複数の作戦の集合体として作られているため、今回のハワイ航路遮断作戦は、いわば北天作戦の皮切りとなる枝作戦にすぎない。

そしてもうひとつの枝作戦が、いよいよ開始される時間になったのである。

その作戦とは、なんと『真珠湾攻撃作戦』である。

大淵／赤淵／白淵／龍淵／冥淵の五隻で構成される第二攻撃隊が、ダーウィンの時と同じく、ごく短時間だけ浮上し、ありったけのロケット弾（一隻で六四発・総数三二〇発）を一気に叩き込む作戦だ。

一式一六センチ中距離ロケット弾の最大射程は六〇〇〇メートル。

そのため真珠湾の入口に張られている、防潜ネットのすぐ近くまで接近しての攻撃になる。

だから、すべては時間との勝負だ。

ぐずぐずしていると、いかに海淵型といっても、雲霞のごとく湧き出てくる駆逐艇やらに沈められる。

海淵型の味方はハワイの急峻な深さの海だ。すぐ沖まで三〇〇〇メートルの海洋底が迫っているため、ともかく潜れば逃げられる。

「彼らは素晴らしい艦を与えられた……が、それゆえに過酷な任務も強いられる。無事に作戦を終了してくれれば良いが」

「いかに危険でも、私なら喜んで海淵型に乗りますよ。潜水艦乗りにとっては、まったく夢の潜水艦そのものですから」

「そのうち機会もあるかもな。海淵型はとりあえず二〇隻で打ち止めらしいが、その間に実戦試験で得た戦訓を元に、さらなる性能の新型攻撃潜水艦が設計されるらしいぞ。

　将来的には、潜水艦は戦略潜水艦と戦術潜水艦、そして沿岸警備艦の三種類に統合されるらしい。海淵型は、おそらく戦術潜水艦と戦略潜水艦の中間に位置するテスト艦だろう。だから次は、より戦略型と戦術型に特化した艦になるはずだ」

　ちなみに沿岸警備用潜水艦は、現在の呂号潜水艦の後継艦種が担うことになるはずだ。

　日本海軍は、世界に先駆けて空母優先主義を実戦に応用した。

　そして鳴神武人の登場により、それはもはや規定路線として不可欠なものとなっている。

　それどころか武人は、空母優先主義の先に潜水艦優先主義が必ずやってくると、機会があるごとにちらつかせている。

　海の覇者は誰か、艦や装備の性能向上とともに、それはつねに検討されるべきものだ。

　そして一瞬でも早く真の覇者に気づいた者が、次の時代の世界を制することになる。

　空母から潜水艦への覇権委譲……。

　鳴神武人の野望は、いまや世界の軍事ドクトリンすら塗り変えようとしていたのである。

四

一〇月九日　熱海

「やあ、久しぶり！」

　大広間の宴会場に入ってきた鳴神武人と有馬《ありま》愛《あい》子《こ》、そして未来研究所所長の仁科芳雄《にしなよしお》博士に対し気軽に声をかけたのは、すでに呑みはじめていた山本五十六だった。

「こちらこそ御無沙汰しております」

　こういった場に不慣れな武人に代わって、愛子がにこやかな表情で受け答えする。

仁科博士もあちこち愛想笑いをふりまいている。

これが副所長の湯川英樹《ゆかわひでき》だったら、武人と二人して、コミュ障っぽく固まっていただろう。

「おお武人殿、ささ、こちらへ」

山本の隣りに座っていた梅津美治郎《うめづよしじろう》陸軍局長官が手招きした。

誘われるまま、ぎこちなくザブトンの上にあぐらをかく。

すでに目の前には宴会料理が載った膳が置かれていた。

「さて皆さん。主賓が到着したようですので、いったん御歓談を止めて頂きたい。なお、この宴会場は先ほど御説明したように、旅館丸ごと貸し切っておりますので、秘密は絶対に漏れません。なので御心配なく」

大広間の上座——一段高くなっている舞台の前に陣取った東條英機首相が、律義な公務員そのままに、両手を広げて居並ぶ一同に声をかけた。

それにしても、居並ぶ面々の豪華なこと！

首相の東條英機は言うに及ばず、軍務大臣の永《なが》野《の》修身《おさみ》、陸軍局長官の梅津美治郎、海軍局長官の及川古志郎《おいかわこしろう》、米内光政《よないみつまさ》統合軍総司令部長官、奈良《なら》武次《たけじ》侍従武官長、その他にも海軍工廠や陸軍工廠の重鎮たち、未来研究所の陸海軍各担当者……。

一見するだけで明らかだが、これは間違いなく日本の軍部を統括する秘密会合である。

しかし開戦間もないこの時期、極秘扱いまでして熱海で宴会とは何事であろうか。

もし国民に知れたら慢心の一言で誹らせそうな場面である。

「ではまず、未来研究所所長の仁科博士から、皆さんが一番知りたいであろうことをお伝え頂きます。なお本日に見聞きしたことは、すべて謹皇会内部限定の極秘事項とさせていただきますので、ぐれぐれも外部へ漏らさないよう御注意ください」

偉いのか偉くないのかわからない言葉遣いで、東條が進行役を務める。

すぐに指名された仁科が立ち上がり、鳴神秘書の愛子がさし出した書類を見ながら話を始めた。

「ええと……本日はあくまで各方面の慰労会を兼ねた秘密連絡会議ですので、ところどころ専門的な内容が入りますが、関係のない方面の皆様はそのまま聞き流してください。

ではまず海軍艦艇についてですが……現状、ほぼ予定通りの建艦状況となっております。在来戦艦はすべて第一次改装を終了し、現在は大和の二次改装を実施中でしたが、これも九月いっぱいで終了しております。

御存知の通り、現在海軍は南天作戦を継続中のため、当面のあいだ長門《ながと》と陸奥《むつ》は戻ってこれません。そこで北天作戦には、改修が終わった大和に加え、第一艦隊所属の扶桑《ふそう》／山城《やましろ》を参加させる予定になっております。

そしてこれから三ヵ月間で、伊勢《いせ》／日向《ひゅうが》の第二次改装を実施します。残る比叡《ひえい》／榛名《はるな》は本土防衛のため横須賀に仮泊、日本近海で各種訓練に勤しむ予定になっております。

大和同様に、第二次改装のためドック入りしていた空母赤城／加賀《かが》も予定通り改装を終了し、現在は日本海で対ソ戦支援を兼ねた演習を実施中です。その他の重巡以下の艦の改装も、滞りなく順番に行なわれております。

なお第二次改装の目玉は、対空装備の充実となっております。たとえば大和では、九七式一六センチ対空噴進砲が一式一六センチ対空ロケット砲に換装され、四〇ミリ四連装機関砲八基が一式三五ミリ長砲身四連装機関砲一二基に代わり、全門TT信管適用となりました。これにより大和の対空戦闘能力は、おおよそ従来比で三倍となりました。

正規空母の改装は、格納庫内に耐爆隔壁の追加と航空機誘導ビーコンの新型化、対空装備の刷新および強化、爆雷装用エレベーターの追加、機関用タービンの新型交換などになっております。これにより赤城／加賀ともに、最高速度が三二ノットに向上しました。

その他、艦載装備で刷新されたのが通信装備全般、レーダー装備全般、九八式音響感知型投射爆雷を一式音響感知型投射爆雷への変更、九八式六〇センチ音響追尾式長魚雷の追尾能力向上……これは在来型の音響探知装置の交換だけで大丈夫ですので、新規量産ぶんから交換していきます。

それから海軍待望の新型艦上機シリーズが、ようやく量産開始となりましたので、まずテストケースとして第一機動艦隊の赤城／加賀／白龍《はくりゆう》／蒼龍《そうりゆう》に搭載されます。一式艦戦『紫電改《しでん》』、二式艦爆『極星』、二式艦攻『狼星《ろうせい》』、いずれも現用機はもちろん、先に運用していた拡大試作機さえ陵駕する高性能を与えられてますので、今後は量産度合を睨みつつ、順次各正規空母へ配備する予定になっております」

ここまで報告して力尽きたのか、仁科はハンカチを取りだすと額の汗を拭いはじめた。

「陸軍のほうはどうなっている？　対ソ戦だけでなく豪州戦でも、新装備の配備は急務なのだが……」

海軍が優先されたので焦れたのか、梅津陸軍局長官が挙手して質問した。

「陸軍はまず、一式戦車シリーズの大量生産を優先していますが、むろん他の装備の量産も、各民間会社に委託して最大限の量産に務めています。ただ機密扱いの一部装備については民間に委託するわけにもいかないので、こちらは陸軍工廠および軍需企業にて引き続き量産することになっています。

それから……陸軍が渇望《かつぼう》されている誘導ロケット兵器、我々はこれをミサイルと呼んでいますが、じつは開発が難航しています。

赤外線誘導装置は比較的簡単にできたのですが、肝心の探知する相手がレシプロ機や戦車などでは、探知に必要な赤外線量を出しておりませんので、なかなか命中率が上がりません。

そこで電波誘導を主軸に開発しているのですが、こちらはレーダーとの連動に必要なコンピュータの開発が進んでおりませんので、これまた難航しています。ましてや光学照準ともなると高性能コンピュータが不可欠なため、まず電子素材となるICの集積密度向上とLSIの新規開発が先になります。

電子機器関連については、諏訪および松本といった、いわゆるアルプスバレー地帯の工場群と研究所で鋭意開発中ですが、さすがに高度技術のため難航しております。

しかし既存のトランジスタと初歩的なICについては、御存知のようにすでに実用化されておりますので、これらの新技術も近い将来には開発できると確信しております」

誘導ミサイルがお預けと聞いた梅津は、とたんにしょぼんとした顔になった。

陸軍にとって恐いのは、上空から襲ってくる敵機だ。

これを確実に、しかも容易に移動しつつ撃破できれば、部隊の生存率は格段に向上する。

また、現在は無誘導の多連装ロケット砲を誘導化できれば、それこそ砲兵部隊に革命が起こる。

むろん大規模射撃に関しては、主に費用対効果の関係から従来のライフル砲が主流のまま推移するだろうが、ミサイルの開発でピンポイントの遠距離攻撃ができれば、陸軍の作戦運用は飛躍的に楽になるはずだ。それが未来研究所に求められているのである。

個別に説明していてはキリがないと思った仁科は、愛子に手で合図をした。

すぐさま大量の資料が広間に運びこまれ、それぞれ必要な部分を受けとっていく。

資料が行き渡ると、ふたたび仁科が口を開いた。

「いまお渡しした書類に、各軍から要求のあったあらかたの項目について、なんらかの解答が書かれています。それを今回はお持ち帰りになってもらいますが、あくまで帝国統合軍総司令部限定の極秘資料ですので、市ヶ谷の外への持ち出しは厳禁とします。

もしどうしても各軍管区などの指揮官に見せたい場合は、かならずお近くの謹皇会支部を通じ、未来研究所に許可をとってください。

不用意に極秘事項を漏洩《ろうえい》した場合、謹皇会会員の資格剥奪はむろんのこと、各役職からの更迭、軍事裁判の適用となりますので重々御注意願います」

これで役目が終わったと思った仁科は、さすがに小さく息を吐いた。

「仁科所長、ちょっと質問してもよろしいですかな?」

ころあいを計っていたのか、東條英機が挙手をした。

「はい。どのみち以後は質疑応答を兼ねた懇親会に移行する予定でしたので、お気軽にどうぞ」

「では遠慮なく。私は軍人であるとともに政治家でもあるので、細かい装備その他の報告より、もっと大局的なことが知りたいのだが……率直に聞くが、研究所の未来予測では、いつごろ日米・日ソ戦争は終了する予定なのかね？」

いきなりの単刀直入な質問に、杯をかわそうとしていた面々が、ぎょっとした表情で東條英機を見つめはじめた。

これに対し仁科は、最初はわずかに動揺したものの、すぐに愛子を通じて鳴神武人に確認の合図を送り、武人がうんと肯くのを見て、ふたたび口を開いた。

「対ソ戦争に関しては、ひとまず来月中にシベリアの冬が到来しますので、その後は春まで現状維持となります。

その間、満州国軍の特殊部隊がシベリア鉄道の破壊に邁進しますので、冬のあいだにどれだけソ連の物流を止めることができるかで、来春からの作戦展開が変わってきます。

どのみち対ソ戦は、バイカル湖付近までの東シベリアを奪取した段階で、ソ連政府と休戦交渉を行ないます。

交渉に応じなければバイカル湖以西に攻め込むことになりますから、ソ連も形だけでも応じざるを得ないでしょう……まあこれはドイツの思惑次第のところはありますが、もしドイツが対ソ戦を開始すれば、ソ連はこちらの交渉に乗るしかありません」

仁科が歯切れの悪い返事をした瞬間、意外なことに鳴神が口を開いた。

「ソ連方面については、ボクのほうから軍務省諜報局にいろいろ要請して、ドイツが対ソ戦を開始するよう暗躍《あんやく》させてる。たぶん冬のあいだに結果が出ると思う」

誰もが『いつの間に……』といった顔になった

が、当人はけろりとした顔をしている。

ともかく鳴神の神出鬼没ぶりには定評があるため、どこで何をしているかを把握しているのは仁科と湯川、それに愛子と天皇陛下くらいのものだろう。

その他の者は、自分の担当している部分でしか知らされていないから、全体のことなど想像もできないはずだ。

「では対ソ戦に関しては、鳴神顧問のほうの結果待ちということで……ええと、対米戦については、これまた英国本土戦の推移次第のところがあります。

むろん我々としては、英本土戦が長引けば長引くほど、また英本土が蹂躙されればされるほど有利になりますので、できればそうなって欲しいところですが、これればかりは蚊帳の外ですのでどうしようもありません。

ただ、太平洋方面では終始圧力を強めていきますので、そのうち合衆国が根負けして休戦を申し出る可能性はあります。その場合の対処ですが……」

ふたたび武人が口を挟んだ。

「太平洋の半分を日本の海にする。これが最低条件だ。東南アジアは戦後にすべて独立させるけど、日本の権益はあちこちに残す。中国については、内戦が蒋介石政権主導で終了するのを待つことになるけど、もし万が一に国民党軍が負けることになったら元も子もない。その場合は日本と満州国が間接的に肩入れする。

インドは内戦によって英国勢力を駆逐させる。日本軍はビルマで停止しつつ、間接的にインド独立義勇軍を支援することになる。もし英軍がビルマに侵攻してくれれば撃退するが、そうでない場合は情報工作活動と軍事支援活動で独立派を勝利に導く。

　オーストラリアは封鎖状態にして降参させる。そのために潜水艦および陸海軍の各航空隊による長距離攻撃、そして小規模な護衛空母部隊をもちいて米豪連絡線の常時遮断を達成する。これは豪州政府がこちらの要求を飲むまで続ける。

　ただ……これらすべてを達成できても、肝心の合衆国が降参しなければ日本の勝ちはない。この場合、勝利条件は明確だ。太平洋の半分の支配権を合衆国に認めさせる。アジア全域に対する日本の覇権を認めさせる。日米勢力圏の軍事比率について、同格を大前提とした軍縮条約を締結する。米国のヨーロッパに対する覇権を認める代わり、中東までのアジアに関する日本の覇権も認めさせる。

　これらを達成できれば日本の勝ちだ。このさいアフリカとかヨーロッパはどうでもいい。ドイツが勝って支配するというならさせればいい。ただしアフリカの資源については、戦後に調整が必要だろうな。日本に不可欠なものも多いし。

　ドイツが勝つにしろ、合衆国が生き残るにしろ、日本が突きつける条件は同じだ。それぞれの終戦時における勢力圏で線引きして、それを互いに厳守する。核兵器については、全面的に開発を禁止する。ただし原子力発電と原子炉については別だ。

　ソ連は社会主義国家として生存できないように圧力を高める。つまりソ連をダシにして、ドイツ陣営と合衆国陣営を味方につけるわけだ。これで戦後秩序はあらかた決まるだろう」

　なんとまあ、言いたい放題だ。

　たしかに聞くぶんには整合性がとれているように見える。

　だがそれは、武人が令和世界の過去を知っているからこそだ。戦後冷戦を回避するには、核兵器を亡き者として封印し、ソ連を解体すればいい。

そうなると独裁国家のナチスドイツが枢軸同盟もろとも生き残ることになるが、これはソ連崩壊後に合衆国陣営を味方につけて、じわじわ枢軸同盟の解体へ誘導するしかない。

かように武人の大戦略は、自分に都合のいい進み方だけ披露しているように思える。

むろん日本に不利になる状況も無数に考えられるが、おそらく武人は、それらは強力無比な日本の未来知識と未来技術で強引に押し通せる……そう考えているはずだ。

戦争が終わり次に起こることは、日本による全世界に対する一大特許合戦である。

終戦まで秘匿されてきた日本の未来技術が、一気に国際特許という形で解放される。むろん軍事技術の飛躍的な向上に直結する技術は秘匿されるが、そうではない部分だけでも世界を何度も征服できるだけの特許技術を日本は有しているのだ。

基本特許で世界をがんじがらめにする戦略は、令和世界で合衆国や欧州各国がやったことだ。

これに日本は、どれだけ苦しめられたことか……。

それを今度は、何倍にもしてやり返すつもりらしい。

いかにも恨みを忘れない粘着気質の武人らしいやり方だが、聞く人によっては終始徹底していると賛同する者も多い。

とくに軍人や政治家など、常に勝負の世界に生きる者にとっては、日本だけが突出して優位に立てる世界は、彼らにとって桃源郷のような世界にみえるはずだ。

それは謹皇会に所属する面々も例外ではない。

ただ軍人の一部には、日本がやりすぎることによる弊害を心配する者もいるが、いま現在は戦争が始まったばかりのため、まだ表面化するには至っていない。

かくして……。

鳴神の世界大戦略は、なし崩し的に容認されたも同然になった。

その後は宴会となり、ますます謹皇会の結束が高まっていく。

そして深夜……。

各人が自分たちのグループごとに貸し切り旅館を去り、鳴神と愛子も自動車で伊東まで移動し、予約していた旅館に泊まることで、無事に秘密会合は終了したのだった。

第三章　合衆国、驚愕す！

一

一九四二年（昭和一七年）一二月　ミッドウェイ

一二月一〇日……。

もう半月ほどでクリスマス。そのためハワイの太平洋艦隊では、クリスマス休暇の申請をする将兵でいっぱいだ。

それは出撃している任務部隊の乗員も同様で、継続的な大規模交戦でも勃発しない限り、クリスマス休暇は交代で行なう予定になっている（具体的には方面司令部のあるハワイが攻撃されない限り、休暇の予定は消化される）。

「一〇月初旬にあった真珠湾へのロケット攻撃には驚かされましたが、どうやら単発の作戦だったようですね。あれがハワイに対する大作戦の前兆だとしたら、さすがにクリスマス休暇は返上になっていたところです」

ようやく修理が完成した戦艦ニューメキシコの艦橋。

そこで部隊参謀長に抜擢されたラルフ・E・デビソン大佐が、長官のスプルーアンスに声をかけた。

スプルーアンスといえば、ついこの前まで駆逐戦隊構成の第17任務部隊を率いていたはずだが、どうやら任務部隊の構成を変えて新任務についたらしい。

ミッドウェイ周辺の警戒任務についていた第17

任務部隊は、マーカス島周辺まで出かけた後、ようやくミッドウェイ島北東海域まで戻ってきた。

その後、部隊番号は変わらないまま、戦艦や重巡、護衛空母などを追加して、なんとか空母部隊の体裁を整えたところだ。

このまま何もなければ、いまの任務をこなしたあと、帰港後にクリスマスを挟んだ一〇日間、二交代で休暇を楽しめる予定になっていた。

「ハワイ東部での駆逐部隊襲撃は、潜水艦によるハワイ航路の寸断に邪魔だから先に潰しておこうと考えたのかもしれない。だが真珠湾へのロケット攻撃については、司令部では戦略的な攻撃だと判断しているようだ」

艦橋前方の窓の外を見つめながら、スプルーアンスは無表情のまま答えた。

「ええと……攻撃されたのは、海軍艦艇用の燃料タンク群とヒッカム空軍基地の航空機用燃料タンク、真珠湾南岸の港湾設備とドック群、フォード島南岸に係留中の戦艦群……。

その他の被害として、フォード島の海軍航空基地の航空機とヒッカム空軍基地の航空機、そしてヒッカム基地北部にある米軍宿舎ですが、これらは流れ弾による被害と判断されていますね」

「日本軍が放ったロケット兵器は、あまり命中精度が高くなかったそうだ。どちらかというと広範囲にバラ巻くタイプらしい。だから本当の目標は、燃料タンクと滑走路だったのだろう。

これはハワイ航路の遮断とペアの作戦だと思う。すなわちハワイの継戦能力の低下を目的とした攻撃だ。とくに艦艇用燃料タンクをやられたのは痛い。

燃料については、いまのところ東部のカネオヘ基地から陸送したもので間に合わせているのと、ハルゼー長官が第４任務部隊を率いて南太平洋へ移動した後だったのが幸いして、なんとか糊口《ここう》をしのぐことができている」

艦艇用燃料タンクには、太平洋艦隊が充分に動けるだけの重油――四五〇万バレルが備蓄されていた。

このうち三〇〇万バレルが炎上、二〇〇万バレルが湾内に流出したのだ。

さいわいにも流出した油は、なんとか除去できた。そのため港湾機能の喪失は短期間となったが、残る一三〇万バレルだけでは年度内の訓練すらまともにできないと予想されている。

むろん西海岸からタンカー多数を出して、とりあえず真珠湾内にタンカーを浮かべてタンクの代わりにする作戦が実施されたが、この一ヵ月間で総数二六隻のタンカーをくり出したものの、じつに一八隻もがハワイ航路上で日本の潜水艦に撃沈されてしまった。

ハワイに到達できたのは、たった八隻。

それでも無いよりマシだが、民間用の燃料まで節約させているにも関わらず、いまも燃料不足は続いている。

「戦艦のほうは、上甲板の非装甲部分しか被害を受けなかったそうですから、ロケット兵器の貫通力は極めて小さいみたいですね」

「不発弾はなかったらしいが、炸裂後の胴体部分が手にはいったそうだ。それによるとロケット弾の直径は一六センチ、長さはだいたい二メートルから二メートル半くらいらしい。

この形状から妥当な弾頭重量を計算すると、およそ五キロから八キロ程度……超小型の爆弾程度の量だから、潜水艦を沈めるくらいしか役にたたん。おそらく沿岸陣地を攻撃するためのもので、そもそも艦艇を攻撃するものではないのだろう」

一式一六センチ中距離ロケット弾の性能を適確

に推理するスプルーアンスを見て、デビソン参謀長は『参った』といった表情を浮かべた。

「しかし、攻撃してきたのが潜水艦との予想には驚きました。日本軍はいつの間に、そんなキテレツな兵器を開発してたんでしょうね」

「そう奇抜でもない。ダーウィンを継続的に攻撃した、ロケット攻撃専用の水上艦がいたそうだ。我々の持つ大型舟艇くらいの艦に、多数のロケットランチャーを搭載していたとの報告を受けている。

　今回のものは、おそらくそれの潜水艦版だろう。大型上陸用舟艇クラスだと、沿岸から戦車砲で射たれても沈む可能性がある。そのため事前に航空隊と艦隊で徹底的に沿岸攻撃を実施し、その後に上陸支援のためロケット砲を使う。これがもっとも合理的だ。

　それが不可能な場合のみ、奇襲的に潜水艦搭載型のロケット砲で沿岸部の守備隊やら塹壕を狙うのも、守備戦力を漸減するためには有効だな。そう考えれば、潜水艦にロケット投射機を搭載できる技術力さえあれば、あってもおかしくない装備といえる」

　スプルーアンスは、鳴神武人の装備に対するドクトリンを、まるで聞いてきたかのように説明した。

　さすがは灰色の脳細胞を持つ提督と呼ばれるだけある。

「そういえば……満州方面のソ連軍、苦戦しているようですね。当初こそモンゴル軍を擬装していたようですが、その後日本側に、証拠付きでソ連の関与を暴露されてからは、もうなりふり構わず進撃したというのに」

「ソ連の新型戦車は、かなり優秀に出来あがっていると聞いていた。それこそ我が軍の主力戦車であるM3グラントより確実に強力だと。もっともM3は、英国戦線に大量に投入されたものの、ドイツ軍の新型中戦車にはまるで歯が立たず、既存の四号戦車であっても、改良型砲塔と長砲身戦車砲を搭載したタイプには苦戦しているそうだが。

ともあれ、M3ではドイツ軍にも日本軍にも対抗できないと判明したことで、陸軍の量産計画に大きな狂いが出ているそうだ。あれはもう、一種のパニックだな。なんとしても敵軍の戦車に対抗できる中戦車を開発しろと上から言われ、現場からのきなみ悲鳴が上がっているらしい。

おそらく日本軍の新型戦車は、ドイツ軍の新型戦車と同等……もしくは上回る性能を持っていると考えたほうが良さそうだ。となれば無骨なだけが取り柄のソ連軍中戦車など敵ではないことになる。

海軍に入ってきている最新の情報では、ついにウラジオストクが制圧され、沿海州すべてが敵軍の手に落ちたそうだ。その原因は、沿海州の付根にあるハバロフスクを樺太方面から進撃した日本軍戦車部隊に攻められた結果、ハバロフスクにいる部隊がこのままでは孤立するとして撤収したためだ。

極東地区を戦略的に見れば、ハバロフスクを死守することしか沿海州を保つ策はないというのに、ソ連軍部は戦略的な判断がまるでできていない」

「極東全域の戦争に発展するとは、まったく思っていなかったんじゃないですか？」

デビソン参謀長の指摘は、なかなかいい線をいっている。

ただし本格的な戦争に発展しないと見ていたのはソ連の共産党中央執行部であり、もっと正確にいえばスターリンである。

ソ連軍部はいちおう戦争の専門家だけに、ハバロフスクの戦略的価値を重視する者もいることはいた。

しかし彼らは、スターリンの決断に反してまで道理を貫く気はさらさらない。

まずは自分の身の安全を確保することが最優先だから、スターリンが『シベリア中央軍に戦力をかき集めろ』と命じたことを、ただオウムのように復唱したにすぎなかった。

「戦争をする時は、つねに最悪の状況を考えて行動しなければならない。それを我々はマリアナ沖で学んだ。ソ連も今回の大失態を教訓にできればいいのだが……」

敗退もまた戦訓。

聡明なスプルーアンスは、それを自らの教訓にすることを厭わなかった。

悲惨な結果に終わったマリアナ沖を思いだしながら、スプルーアンスはなおも言葉を紡《つむ》ごうとした。

「今回の一連の敵攻撃も、たんにハワイを干上がらせるためだけではないはずだ。最悪のことを考えると、まず干上がらせ、次には……」

「長官。ミッドウェイ基地から緊急電が、ハワイの艦隊司令部へむけて放たれました！」

通信室と繋がっている専用の有線電話に出ていた通信参謀が、あわてて駆けよってきた。

「司令部暗号か？」

「はい。すぐに解読できましたので、これを」

暗号を解読した文面がメモされている紙を、通信参謀がさし出す。

「……ミッドウェイ島が航空攻撃を受けている最中だそうだ」

スプルーアンスは、メモをデビソンに渡しながら言った。

「いま正午近くですよ？　なんでこんな時間

に?」

日本軍の航空攻撃が早朝もしくは夕刻というのは、すでに米軍の中では常識となっている。だからデビソンは、強い違和感を感じたらしい。

「わからん。だが航空攻撃をあえてこの時間に行なったのは、我々のいる位置が関係しているのだろう。今日の朝の段階では、我々はまだミッドウェイ島を航空支援できる範囲にいたからな」

スプルーアンス部隊には、四隻のボーグ級護衛空母――ボーグ/カード/コパヒー/コアがいる。

今年になって完成したばかりの護衛空母をかき集めたわけだが、ボーグ級は一隻で二一機しか搭載できないため、四隻いても八四隻……正規空母一隻ぶんにも満たない数でしかない。

しかし現在の太平洋艦隊には、もうこれしか空母部隊を編成する余裕がなかった。

肝心の一隻だけ生き残った正規空母ホーネットは、修理が完了するとハルゼーの第4任務部隊に編入され、いまは南太平洋入りをしている頃だ。

「ミッドウェイにもどって支援しますか?」

スプルーアンスは珍しく思案した。

そして、やがて顔を上げると答えた。

「いや……司令部にどうすれば良いか聞く。ただちに暗号電を送ってくれ」

独断で行動して、もし護衛空母を失うことになれば大変だ。

ハワイには今、真珠湾で留守番をしている護衛空母が二隻しかいない。

北太平洋全域を見ても、スプルーアンス部隊の四隻と真珠湾の二隻の他は、サンフランシスコに東海岸から回航されたばかりの正規空母サラトガがいるだけ……。

サラトガは東海岸で大西洋防衛の任務についていたため、太平洋は初めてだ。

そのため艦隊訓練をしないと使い物にならない。

現在はサンフランシスコで、巡洋艦主体の中規模艦隊とともに、艦隊習熟訓練を積んでいる。それが終わって、ようやくハワイへ移動する手筈になっていた。

「打電させました」

「近くに敵の機動部隊がいる。万が一にも攻撃を受けないよう、北へ少し移動しよう」

スプルーアンスは、とりあえず逃げる策に出た。

ボーグ級は一八ノットしか出ない。そんな鈍速の艦を引き連れていては、まともな空母機動戦など無理だ。

しかもマリアナ沖の経験からすると、艦上機の足は日本軍のほうが圧倒的に長い。

つまりスプルーアンスには、どうあがいても空母機動戦で勝ちめはないということだ。

「様子見をしていれば、敵がこちらの存在に気づかないまま、ミッドウェイへの攻撃に専念する瞬間が出てくるはずだ。その時こそ、我々に勝機がおとずれる。それまではひたすら我慢だ」

やはりスプルーアンスだ。

ここまで追いこまれても、まだ勝利する道を模索している。

「了解しました。ともかく司令部の判断あってのことですので、返答を待ちつつ退避行動をすることにします」

デビソン参謀長とて、将来的には任務部隊を背負うであろう提督と目されている一人だ。

スプルーアンスの考えを素早く見抜くと、早くも次の行動に出ようとした。

「もし敵に発見されたら、司令部の判断いかんに関わらず、全力でハワイ方面に遁走する。これだけは決定事項だ」

「……了解」

それが最善の策とはわかっていても、どうしても返答は湿りがちだ。

いちおうは空母部隊なのだ。なのに敵機動部隊と戦わずに逃げるのは、恥辱以外のなにものでもない。

自分たちには今、圧倒的に力がない。

それを思い知らされるような光景だった。

*

同日、夕刻……。

北天作戦艦隊に所属する空母機動艦隊は、正午から夕刻まで合計四回もの航空攻撃をミッドウェイ島に仕掛けた。

山本五十六率いる連合艦隊が主力の北天作戦艦隊だけに、ミッドウェイ島の航空隊など力ずくで叩き伏せられる、その意志が露骨に出た攻撃だった。

「揚陸支援部隊に作戦開始を命じる」

改装なった戦艦大和の羅針艦橋。

そこに新規設置された『長官席』に座ったまま、山本五十六はGF長官命令を下した。

主力戦艦と正規空母に長官席を設置する案は、鳴神武人が海軍改革要綱素案として提出し、未来研究所が立案提出したものだ。そして海軍局で細部を煮詰め、統合軍総司令部で了承された。

海軍軍人の中には、指揮官が座ったまま命令を下すなど言語道断と言う者もいたが、そこは陛下の新軍人勅諭にある『精神論からの脱却と科学的な軍の姿』を土台として、精神論は踏襲すべきでないとの結論で押し通した。

『揚陸隊より近距離音声通信入電。了解、ただちに行動を開始する。以上です』

艦橋の天井に設置されたスピーカーから、第一通信室長の声が聞こえてきた。

山本が命令を発すると、すぐに宇垣纏《うがきまとめ》参謀長が通信参謀に命令を受け渡す。

命令を引きついだ通信参謀は、『電話ブース』と呼ばれる新規設置された艦内有線電話コーナーまで走っていき、そこにある第一通信室直通の電話で通信室長へ命令を伝える。

通信室長は、艦橋マストにある超短波アンテナで、高木武雄中将率いる第三艦隊へ命令を伝える……。

揚陸部隊の支援部隊となっている第三艦隊は、連合艦隊主力部隊の前方二〇キロ地点を同速で進行中だが、この超短波音声無線のおかげで、ほぼリアルタイムでの命令伝達が可能である。

「宇垣。作戦予定では、いつ頃から始めることになっている？」

だいたいの作戦予定なら山本も暗記している。

なのにあえて宇垣纏参謀長に聞いたところを見ると、多少の時間的なズレが発生するかもしれないと感じている証拠だ。

「予定では日没後二時間となる一九三〇《ヒトキユウサンマル》ですが、東方に退避していった敵軽空母部隊が夕刻の航空攻撃を行なう可能性が残っていますので、攻撃配置につく時刻を三〇分ずらして安全を確保することにしました。よって攻撃開始時刻は二〇〇〇《フタマルマルマル》となります」

「それくらいの遅延なら大丈夫だろう。ともかくミッドウェイにある二つの島を根こそぎ叩き潰すのにそれ相応の時間が必要だ。これに関しては岬型対地支援艦を一〇隻も引き連れているから安心して見ていられるが、時間だけは必要だからな。

まず対地ロケット攻撃で全般的な地ならしをして、つぎに艦砲射撃で耐爆構造物を破壊する。これで上陸支援は終わりだ」

令和世界の連合艦隊主力部隊は、なにかと後方に陣取って、命令以外なにもしないことが大半だった。

しかし昭和世界の連合艦隊は違う。

せっかく大和という世界最大最強の戦艦を持っているのだから、これを使わなければ一隻だけ残した意味がない。

そこで北天作戦では、たとえ主力の第一艦隊であっても酷使する予定になっている。

GF司令部がいる主力艦隊旗艦が最前線に出るなど軍事常識にあるまじき行為だと思うかもしれないが、じつは根本的に間違っている。

主力艦隊旗艦は制空・制海権を奪取した安全な海域に陣取る。これは現在も変わっていない。

ただ、驚異的な軍事技術の発展と戦力の拡大により、以前なら最前線となる場所が、早くも安全地帯に変わっているだけなのだ。


すでにミッドウェイ島の米軍航空隊は離着不能の状態になっていて、周辺海域にいた敵軽空母艦隊もハワイ方面へ遁走しつつある。

この状況であれば、ミッドウェイ島から二〇キロ離れた地点まで進出しても安全であり、しかも砲撃支援が可能になる。ただそれだけのことだった。

「対地砲撃に参加するのは、第一艦隊の大和／伊勢／扶桑／山城、そして第三艦隊の比叡／榛名だったな。あと重巡はすべて参加する。周辺警戒は第一から第三駆逐隊が担当し、もし敵の水上艦が急襲してきたら、とりあえず第三水雷戦隊が阻止する。あとは各艦隊ごとの対応となる……これで間違ってないな？」

「はい、その通りです。なお別動部隊として、田《た》中頼三《なからいぞう》少将率いる第九艦隊の第二潜水戦隊が、ハワイとミッドウェイの間で敵艦隊の阻止作戦を展開していますので、敵艦隊が不用意に突進してきたら返り討ちにあいます。

もちろん遁走した敵空母部隊も、第二潜水戦隊の守備範囲に入れば例外ではありませんが……さすがに敵も、ハワイへ一直線に戻るルートは取らないでしょう」

宇垣はなにも見ずに、記憶だけで返答した。

先月に航路破壊作戦を展開していた第二潜水戦隊が、今度は連合艦隊の支援をしているという。まさに神出鬼没である。

「輸送部隊には、絶対に敵を近づかせるな。こちらの潜水艦がうろついているんだ。敵の潜水艦も当然のように忍びよってくる。雷撃されたら沈むしかない輸送船団だけに、戦いもせず陸軍や陸戦隊の将兵を死なせることになる。これだけは避けたい」

「輸送隊には直衛として、護衛駆逐艦八隻とフリゲートが一二隻張りついています。彼らは巡航速度が遅いだけで、対潜駆逐装備は駆逐艦と変わりません。駆逐艦以下の艦と舐めてかかると、いつのまにか投射爆雷を雨アラレと叩きこまれて沈められてしまいます」

本来なら護衛駆逐艦やフリゲートは、日本本土へ物資を運ぶための海上輸送ルートを、海軍護衛総隊で守るために設計されたものだ。

しかし設計素案の段階で武人が、連合艦隊に随伴する輸送部隊の護衛も守備範囲に入れて欲しいとのムチャな要求が通り、当初より対潜駆逐装備を増強した経緯がある。それがいま、こうやって現実となったのである。

「しかしなあ……こうも早くミッドウェイまで来られるとは、開戦した頃には思ってもいなかったぞ。だが、これは紛れもない現実だ。そして我々は間もなく、さらなる驚異的な光景を目の当たりにすることになる。

　これらすべてのお膳立てをしたのが、たった一人の若造……あ、いや、当人がいなくとも、この表現は失礼だな。未来人の鳴神武人殿が来てくれたからこそ、いまの日本がある。

　問題は、あまりにも我々が武人殿に頼りすぎていることだ。もし彼に何かあったらと思うと背筋が寒くなる。武人殿は昭和世界と令和世界を行き来できるが、我々にはそれができない。だからもし令和世界で武人殿に何かあれば、我々の夢も崩れ去るかもしれない……」

　昭和世界は令和世界に手出しできない。

　令和世界も基本的には同じだが、鳴神武人だけは例外で行き来できる。

　この特殊な状況が安定して存在しているからこそ、いまの昭和世界の驚異的な発展があるのだ。

「長官。すでに私たちは、多すぎるほどのものを頂いています。そして武人殿も事あるごとに、すでに基本的なものはあらかた提供したと申されています。

　もちろん現在まだ完成していない技術を元にした次世代の技術などは、ここで武人殿が消えうせたら手にはいらないかもしれません。

　しかし令和世界は、未来人なしであれだけ発展できたわけですから、我々も現時点までの技術と知識を元にすれば、令和世界よりずっと早く未来へ到達できるはずです。

　ただし、それを実現するためには、戦争に勝たねばなりません。負ければ一切合財を奪われ三等国に引きずり降ろされる。これは令和世界のドイツを見ても明らかです。

　ナチスドイツが発明したすべてのものは、ソ連と合衆国に奪われました。その後の両国の爆発的な発展は、これらの知識と技術あってのことだと聞き及んでおります。

　そのナチスドイツすら霞むほどの凄い知識と技術が、いま日本には存在します。おそらくナチスドイツを米ソが討ち負かしても、同時期の日本国には到底及ばないでしょう。ましてや米ソが敗戦国になれば、もはや日本の一人勝ちといっても過言ではありません」

　生真面目な宇垣にしては長舌だった。

　それだけ言いたいことが溜まっていたのだろう。

　そう感じた山本は、気が済むまで言わせることにした。

　しばらく話を聞いているうちに、周囲が暗くなってきた。

『各空母機動艦隊、南西二〇〇キロの退避地点へ到達したそうです』

『第三艦隊の対地支援艦、軽巡および駆逐艦の護衛を受けて、所定位置へ配置を完了しました』

「第三艦隊の対地支援用艦群、発射準備を完了したそうです！」

　天井のスピーカーだけでは足らないらしく、艦内電話を受けた通信参謀が報告にやってきた。

「作戦参謀、変更した予定通りに開始命令を出せ」

「承知しました」

　宇垣の横で出番を待っていた作戦参謀が、嬉しそうな声で応える。

　その間、宇垣はずっと腕時計の針を見つめたままだ。

　おおよそ五分が経過した頃……。

「長官。時間です」

「作戦を開始する」

「第三艦隊へ命令伝達。攻撃開始！」

　作戦参謀の号令で、複数の参謀たちが動きはじめた。

＊

それからわずか一分後。

大和から一六キロほど東の海上から、無数の火線が弧を描いて延びはじめた。

岬型対地支援艦一〇隻による、物凄い数のロケット連射攻撃である。

一隻で、一〇センチ三二連装ロケット弾発射機を八基装備している。だから全弾連続発射だと、二五六発のロケット弾が一回の攻撃で飛びだしていく。

それが一〇隻だから、なんと二五六〇発だ。

三隻がイースタン島を担当し、残りの七隻が主島のミッドウェイ島を担当している。

たかだか二キロ幅の島に二〇〇〇発以上もぶちこめば、たとえそれが小威力のロケット弾でもそれなりに被害を与えることができる。

しかも今回の弾頭には、滑走路破壊用の徹甲爆裂弾が使われている。

そのせいで、瞬く間に滑走路が穴ぼこだらけになっていく。

この装備が凶悪なのは、一回のみだがロケット発射機に再装填できることだ。

「発射完了！」

「放水冷却！　冷却完了後、即時再装填する‼」

ロケット発射機一基を担当する分隊長が、大声で部下たちに命令している。

再装填は手動で行なわねばならないが、一本のロケット弾の重量は二〇キログラム、長さも一五〇センチのため、屈強な兵士なら一人で、普通でも二人いれば持ち運べる。

それが発射機一基につき八名かかりっきりで再装填するのだから、発射機の側方甲板下にある耐熱弾庫から持ちだす面倒さを加えても、わずか一五分ほどで再装填が完了してしまう。

「冷却完了！」

「弾庫、開け！」

ハッチ式の密閉扉が開かれ、ロケット弾の予備弾を格納している弾庫内に入れるようになる。

二人の兵士が中に入り、リレー方式でロケット弾を受け渡す。

八名すべてがリレーして、一本のロケット弾が発射機レールに装填される。

これを三二回繰り返すのは大変な作業だが、それも任務である。

「装填終了！」

「弾庫閉鎖！」

「分隊、退避せよ！」

発射時は、周辺一体がバックブラストで火の海と化す。

そのため装填担当の分隊員は、いそいで後方にある操縦デッキ下の退避所兼乗員室へ退避しなければならない。

――ウオーン！

けたたましいサイレンが鳴りひびき、発射警戒をうながす。

ロケット弾は電気信管で発射されるため、発射の操作は後部デッキで行なわれる。

もし断線その他で発射できない場合には、一発ずつリード線をクリップで留めて、電池駆動の携帯発射装置で射つことも可能だ。

「第二波攻撃を開始する！」

――シュドドドドドッ！

ふたたび無数の火線が宵闇の空に舞い上がっていく……。

「攻撃終了！　ロケット支援群、全艦後方へ退避せよ‼」

強烈だが、ほんのひとときの突風にも似たロケット攻撃。

それが、あっという間に終了した。

ロケットを射ち終えた対地支援艦は、まったく無用の長物だ。

だから、そそくさと現在位置を離れ、沖で待機している弾薬補給艦からロケット弾の補給を受けねばならない。

ただし今回の場合は、これ以上の攻撃予定がない。

そのため後方退避するだけで、補給は明日になってからの予定になっていた。

戦果確認のため駆逐艦が二隻、島のすぐ近くまで接近する。昼間なら航空機の役目だが、夜はこれしか方法がない。

何度か探照灯で陸上を照らしてみるが、島からの応戦はない。


駆逐艦が急いで離れると、今度は八キロほど沖から重巡の主砲が吼えはじめる。

さらに一〇キロほど後方からも、戦艦群の主砲が発射されはじめる。

いずれも最初はレーダー測距の誤差を修正するための測距射撃だから、まばらにしか砲撃しない。

しかし最新鋭のレーダー測距と機械式射撃統制盤による精密射撃の準備が整うやいなや、全砲門を用いた五月雨式の総力射撃が始まった。

戦艦といえば豪快な斉射が見物だが、全門を片舷に集中して斉射を行なうと、一回の射撃で艦が大きく横揺れするため、なかなか連続して射撃が行なえない。

そこで各砲塔ごとに、二連装なら一番から二番、三連装なら一番から三番そして二番と、うまく発射の反動を分散しつつ、砲塔同士も時間差を設けて順次発射していくのが効率的だ。

その結果、途切れることのない砲声が延々と続くことになる。

午後八時に開始された第三艦隊打撃群による射撃は、午後一〇時まで続いた。

それを引きつぐかたちで、今度は第一艦隊の主力打撃群が砲撃を開始する。

こちらは砲門数、サイズともに一回り大きいだけあって、さらなる大破壊がミッドウェイを襲うことになった。

この攻撃が一一日の午前零時まで続いた。

「射撃やめっ！」

猛烈な破壊と爆発炎で、島全体が燃え上がっているようだ。

そこをふたたび、駆逐艦が探照灯で戦果確認していく。

駆逐艦が去り、ひとときの静寂が訪れた。

すでに燃えるものすらあらかた吹き飛ばされた陸上では、わずかに残った焼け残りが煙を上げてくすぶっているだけだ。

島には一個か二個大隊ほどの敵守備隊と敵航空隊が常駐していたはずだが、たとえ地下壕に退避していても、果たして無事でいられるか……。

なにしろ珊瑚礁でできた島は、防空壕や塹壕用の深い穴を掘ること自体、極めて困難だからだ。

珊瑚質の地面は固く、すこし掘るとすぐ海水が上がってくる。

それでも無理に掘って、強引にコンクリートで固めることも不可能ではないが、通常の退避壕を作る何十倍もの労力と時間が必要になるのだ。

そこで苦肉の策として、珊瑚礁のかけらをブルドーザーなどで寄せ集め、中心に窪みを作り、上をコンクリート板で被せて退避壕にするといった手段が用いられているらしい。

むろんそんなもの、戦艦主砲弾を食らえばイチコロだ。

「先鋒隊、上陸開始！」

第三艦隊に同乗している第一／第二陸戦師団司令長官の大川内《おおこうち》伝七《でんしち》中将が、ついに歴史的な命令を下した。

大川内の命令が、強襲揚陸艦『利尻《りしり》』に伝わる。

それと同時に、利尻がゆっくりと前進しはじめ、そのままリーフの切れ目に突入していく。

そして艦首を開き、そこから小型の上陸用舟艇を多数、吐きだし始めた。

この小型の上陸用舟艇は、『乙種上陸用舟艇』の名で新規開発されたものだが、元になった設計は米軍の機動揚陸艇であり、令和世界の旧海軍にあった一等／二等輸送艦とは別物である。

ちなみに『強襲揚陸艦』の艦種名も、鳴神武人が推奨して付けられたもので、もとから日本海軍にあったものではない。

どうも武人の思惑では、強襲揚陸艦は『自ら突入して岸に乗りあげるかたちで陸上部隊を上陸させるもの』だったらしい。

そのつもりだったが、そもそも強襲揚陸艦は『航空機搭載型の揚陸支援艦』の意味なので、これは武人の大いなる勘違いといえる。

そのため強襲揚陸艦『利尻』型の設計は、なんとなくちぐはぐなものになった。

基本的には護衛空母『海雀』型の設計をもとにしているので、いまも全通甲板を有している。

しかし格納庫は存在しないため、揚陸支援用に搭載している艦戦／艦爆一二機は、すべて飛行甲板上に係留しなければならない。

その上で、格納庫のあった場所から喫水位置までは、巨大な二段式搬送庫となっている。艦首部が観音開きになり、そこから小型上陸用舟艇を発進させることができるのも、この構造があるからだ。

当然、舟艇には陸軍部隊や陸戦隊も乗船している。それら上陸部隊を艦内に乗せるスペースがなければ、長期間の航海など無理だ。

利尻《りしり》には第一陸戦師団・第一強襲連隊・第一／第二強襲歩兵大隊一四〇〇名が乗艦している。彼らが上陸第一陣となり、ともかく上陸地点周辺を強引に確保していくのだ。

「前方四〇メートルに白旗！」

何本もの探照灯で照らされた海岸地域。

そこにある瓦礫の山にしか見えない盛りあがりの向こうから、ひょっこりと白旗の結ばれた棒がさし出された。

すぐさま英語による誰何《すいか》が行なわれる。

どうやら滑走路防衛用の対空砲座要員が、土台になっているトーチカ構造の弾庫内に退避していて、その一部が生き残ったらしい。


「交戦意志なし。確保する」

陸戦隊員の流暢な英語に誘導され、上半身裸の米兵が三名、よろよろと這い出てくる。

それを小銃で威嚇しつつ、乗りあげてきた上陸用舟艇に乗るよう誘導する。

舟艇に乗ってきた陸戦隊員は、すでに橋頭堡確保のため周辺に展開しはじめているから、空になった舟艇に捕虜と警備兵だけを載せて、そのまま沖の艦隊へ運ぶのだ。

これらの手順は、じつのところ事前にマニュアル化されている。

陸戦隊と上陸作戦に従事する陸軍部隊は、作戦開始前に二度ほど、現実的な対応を求められる訓練を行なっていた。

これを行なっていたからこそ、捕虜確保の作業が驚くほどスムーズに運んだのである。

「戦車小隊と擲弾歩兵小隊は、滑走路を横断して拠点確保を目指せ！」

陸戦隊の戦車中隊長が、指揮下にある戦車小隊と擲弾歩兵小隊に命令を下している。

陸戦隊が橋頭堡を確保するまで、陸軍部隊は沖で待機したままだ。

二つの島に合計三個の大隊が送りこまれ、いま大車輪で橋頭堡を確保しつつある。

朝までに陸軍の一個連隊を各島に上陸させれば、もう日本側の勝ちが確定する。

それだけに予定を遅らせるわけにはいかなかった。

二

一二月一一日　ハワイ

「なぜスプルーアンスは、戦わずに戻ろうとしているのだ？」

真珠湾の南東部にある太平洋艦隊司令部。

チェスターニミッツが、二階にある長官室で報告を受けている。

聞き終えると、両手を机の上について立ちあがった。

日本軍がミッドウェイ島を急襲中との急報を受けた。これだけでも充分に驚きなのだが、すぐ後にスプルーアンスから、任務部隊を真珠湾に帰投させるとの報告が入ったのだ。

困惑と同時に、なぜ戦わないという怒りがこみあげてきた。

「手持ちの戦力では惨敗するのが見えているとのことで、ならばいっそ、いったんハワイへ戻り、ハワイ防衛の任につくなり、戦力を増強して再出撃するなり、なんらかの仕切りなおしをするべきだと判断したそうです。

「それと……長官の許可を受けずに撤収したのは、今回の作戦任務が対潜哨戒とミッドウェイ周辺の航空警戒だったため、任務に艦隊決戦が入っていなかったので、部隊司令長官の権限で作戦を中止したとのことでした」

申しわけなさそうに報告する司令部連絡士官を見て、ニミッツは小さくため息をついた。

理屈で言いあっても、スプルーアンスには勝てない。

ましてや暗号電信であれこれやりあうのは、それこそ愚の骨頂だ。

論理的に考えれば、すでにスプルーアンス部隊は撤収中なのだから、今日の夜には真珠湾に戻ってくる。それから直接会って話すほうが建設的……。

そう考えたニミッツは、チラリと自分の徽章《きしょう》に目をやった。

キラリと海軍大将の印が輝いている。

もう一度ため息をついた。

「……位だけ大将にされてもなあ。中身が伴わないハリボテなら、いっそ中将のままにしておいて欲しかったぞ」

ニミッツは懲罰人事にも関わらず、昇進した上で太平洋艦隊司令長官に抜擢された。

前任のキンメルが更迭されて退役に追いこまれたのとは正反対の処断である。

むろんこの措置は懲罰人事だ。

マリアナ沖で大敗を記した作戦司令長官に、起死回生のチャンスを与える……表むきの理由はそうなっている。

だが実際は、ろくに戦う道具《フネ》もない方面艦隊司令部の長官に抜擢することで、今後に発生するかもしれない被害の責任を一身に取らせるための人事なのだ。

おそらく四ヵ月とか半年とかのち、太平洋艦隊が復活した時、新たな司令長官がやってくる。その時、ニミッツはようやくお役御免となる……。

あと少しで海軍人生が終わるのは仕方がないが、その間に発生する戦闘の結果がその後の人生を決めるのだから、もうため息しか出ない。

奇跡的に日本軍の侵攻をすべて食い止め、なんらかの勝利を飾ればよい……。

まさに言うは易しだ。

そうできればニミッツは、長官職を交代させられて米本土に戻ったとしても、陸上で半分引退状態になる名誉職を経て、経歴にも傷がつかないまま退役となるはずだ。

しかし負ければ……空しく去っていったキンメル以上の懲罰が加えられるだろう。

「秘書官はいるか？」

長官室のドアのすぐ外で執務している秘書官を呼ぶ。

ドアが開き、三〇歳くらいの女性士官がやってきた。

「夜半にスプルーアンスがもどってきたら、ただちに長官室へ出頭するよう厳命してくれ。それまで私はすこし仮眠をとる。今夜は徹夜になりそうだからな」

ハルゼーは南太平洋に去った。

フレッチャーはハワイ航路の防衛に失敗したため、査問を受けるとのことでサンフランシスコへ移動した。

だから現在、ハワイを守るのはスプルーアンスしかいない。

幸いにも修復できた戦艦などもあるため、任務部隊を増強することは可能だ。

ただし空母戦力だけは絶望的に無理……。

しかしニミッツは、防衛戦闘に終始するなら空母機動戦力はいらないと考えているから、ハワイを守る空母戦力なら護衛空母で充分と判断していた。

日本は現在、空母優先主義を堅持しつつ、さらに先となる潜水艦優先主義へ移行しつつある。この軍事ドクトリンに対する認識の差が、これからの戦いにどう影響するか、それこそ海戦の積み重ねでしか証明できない。

ようは勝ったほうのドクトリンが正しいのだ。なんともアバウトな判定方法だが、古今東西、この方法がまかり通っている。

その判定がいま、まさに起ころうとしていた。

＊

「ミッドウェイ島の制圧、完了したそうです」

渡辺専任参謀（山本五十六の専任参謀）が、大和の第一通信室に仮設置された陸軍専用短波通信機で行なわれた連絡を、艦内優先電話を通じて受領、それを山本へ伝えにきた。ちなみに陸軍部隊との連絡役は、本来ならＧＦ参謀部が任じる連絡武官が妥当なのだが、今回は山本の発案で専任参謀が引き受けている。

むろん陸軍の作戦が始動すれば一人では無理なため、その時はＧＦ参謀部も参加して総力態勢で陸海軍を連動させることになるが、いまはまだ一人で充分なのだ。

「陸軍の作戦司令長官は岡田資《おかだたすく》中将だが、岡田さんと連絡しあったのか？」

陸軍の岡田は、北天作戦における陸軍部隊と陸戦隊を統括する権限が与えられている。

そういう意味では、陸上戦闘部隊の総司令官なのだが、山本が作戦総司令官に着任しているため、その名は付けられなかったらしい。

それでも渡辺とは階級も役職も違いすぎるから、渡辺が遠慮して連絡しなかったとしても肯《うなず》ける部分がある。

　当然だが、現在は枝作戦にすぎないミッドウェイ攻略作戦が達成されただけだから、岡田のほうも、いちいち渡辺を通じて山本へ報告してくるとは思えない。

　現段階では双方の参謀部同士で連絡しあい、結果のみを岡田と山本に報告すればいいからだ。

「あ、いいえ。陸軍作戦司令部は、いまも強襲揚陸艦『利尻』内に設置されていますし、当然、岡田長官も利尻に乗艦なされたままです。そのため、いまミッドウェイ島の野戦司令部から報告をしてきたのは、陸戦隊と交代するため上陸した、陸軍第八二旅団第八二一歩兵連隊の、島崎幸太郎《しまざきこうたろう》連隊長です」

　山本も、さすがに陸軍の連隊長の顔までは覚えていない。

　それでも出撃前の陸海合同壮行会にいなかったか、記憶を探りはじめた。

　しかし、どうしても思いだせずに諦める。

「そういえば捕虜を確保したというが、どれくらいの数だ？」

　あれだけの事前猛攻撃だったにも関わらず、驚くほどの数の米守備兵が生き残っていたらしい。

　さすがに無傷というわけにはいかず、大半が負傷した状態だったが、ともかく生きていただけでも驚きである。

「総員三四六名です。このうち士官が四二名。最高位は基地守備隊長の大尉だそうです。どうやら基地司令部は砲撃で壊滅したらしく、司令部詰めの士官は生き残っていません」

　ミッドウェイ島の守備隊は、二つの島合わせて二個大隊規模だったはず。

これに航空隊と基地司令部要員、若干の海軍港湾担当者が加わった数が総数となる。

正確な数ではないが、おそらく二〇〇〇名前後いたのではないだろうか。

そう考えると、恐ろしい戦死者数ともいえる。

「あとの手筈は？　あまりのんびりしてはいられないのだが……」

「重傷者は輸送隊にいる病院船に搬送し、そこで応急の治療をします。軽傷者は島内の医療部隊で処置したあと、ミッドウェイ用の物資搬入で空になった中型輸送艦一隻を使ってサイパンまで送ります。

その後は中部太平洋艦隊司令部の担当となりますが、おそらく日本本土まで送られ、本格的な治療を受けられる特別傷病捕虜収容所へ送られると思います」

現在の日本軍は戦争犯罪を未然に防ぐため、可能な限りの措置が講じられている。

その中でも未来研究所が重点を置いたのが、敵軍捕虜と戦争難民の扱いである。

このうち捕虜は、台湾／大分／岡山／群馬／新潟に造られた一般捕虜収容所と、傷病兵のための医療設備が完備されている広島／浜松／茨城の特別傷病捕虜収容所へ送られる。

その他、事情があって本土への搬送に時間がかかる場合のみ、現地や中継点の安全な地域に仮設の簡易捕虜収容所が設営される。

その場合も、衛生面その他の待遇劣化を来さないよう、統合軍総司令部捕虜対策課が統括している戦場監視隊員（エリート内局職員が新規採用直後から三年間、かならず配属される特務隊扱いの部所）が現地へ派遣されている。

彼らは将来の統合軍総司令部の職員となるエリートたちだから、極めて規律に厳しい。

しかも、現地部隊にとっても将来のお偉いさんとなるため、そうそう邪険にもできない。あれこれあって、捕虜の待遇は良くなるという寸法である。

「そうか……搬送途中に死亡しないことを祈るしかないが、やるだけのことはやっておくべきだ」

「そういえば、後方で待機中の南雲《なぐも》長官から、空母機動部隊はいつ出撃すればいいか、問い合わせが届いております。ただ、この案件は参謀長の職権ですので、私にどうこうできるものではありません。なので、それとなく参謀長へお聞きになってください」

専任参謀はGF参謀部の一員だが、実際は山本五十六の付人として世話をする担当に近い。

そのためGF参謀部といさかいが生じることもあるため、良識派の渡辺はいつも心配しているようだ。

これに対し、もう一人の専任参謀である黒島亀人《くろしまかめと》は、海軍内でも奇人変人で通っているし、あれこれ騒動を起こしてもけろりとしている。

あまりにも酷い場合は、山本五十六がGF参謀部との間に立つことすらあった。

「わかった。機動部隊には今夜にも出撃してもらうつもりだったが、ミッドウェイ島の完全攻略が達成できないうちは、どうにも命令を下せなかったのだ」

とはいえ……最初に出撃するのは第一／第二機動艦隊だけだから、第三機動艦隊は引きつづき我々の護衛任務につかせる。こうしておけば、まさかの事態が発生しても対処可能だろう」

北天作戦には、なんと三個機動部隊が参加している。

正規空母一二隻（赤城／加賀／白龍／蒼龍／金剛《こんごう》／霧島《きりしま》／紅龍《こうりゅう》／飛龍《ひりゅう》／鈴谷《すずや》／熊野《くまの》／最上《もがみ》／三《み》

隈《くま》）で構成される、文句なく世界で最大最強の空母機動部隊群である。

これにくらべれば、南天作戦に従事している第一〇空母支援艦隊の軽空母二隻（雲燕《うんえん》／洋燕《ようえん》）と護衛空母四隻（晴雀《せいじゃく》／潮雀《ちょうじゃく》／緑雀《りょくじゃく》／黄雀《こうじゃく》）は、かなり見劣りする。

あきらかに北天作戦が主力の作戦だった。

『至急！　ハワイ沖にいる敵艦隊と米太平洋艦隊司令部の暗号通信を傍受。解読に成功しました！』

いきなり天井のスピーカーから、第一通信室長の声が届く。

内容からすると伝令や艦内電話でも事足りそうだが、どうしても至急扱いの『艦橋放送』で伝えたかったようだ。

「通信参謀、すまんが内容を聞いてくれ」

艦橋後部の参謀控室付近でうろうろしていた通信参謀を呼びつけ、後部電話ブースへ行くよう伝える。

仕事ができた通信参謀は、喜び勇んでブースへ消えた。

やがて……。

一枚のメモをもって長官席に戻ってくる。

「我々の存在を知って、ハワイに逃げ帰っただと⁉　この指揮官は腰抜けか？」

何事かと近づいてきた宇垣参謀長にメモを渡す。

一読した宇垣は、面白くもないといった顔で答えた。

「いいえ。暗号電にある記名を見る限り、発信元の部隊指揮官はスプルーアンス少将となっています。我々が把握しているスプルーアンス少将と同一人物であるなら、米海軍でもトップクラスの優秀な提督のはずです。

マリアナ沖海戦でも何度か名前が出ていますので、あの時も部隊を率いて参加していたはず……

なので手持ちの部隊では我々に勝てないと判断し、ひとまずハワイへもどる判断をしたのでしょう。

　これは見た目こそ武人にあるまじき行為ですが、指揮官としては賢明な判断だと思います。もし私が同じ立場に立たされたら、間違いなく長官に一次的な撤収と部隊再編を進言しています」

「そうか？　もし儂《わし》がその立場にいたら、即断で却下するが……その上で、潜水艦部隊を主力に組みなおし、罠を張って日本艦隊を待ち受ける。ハワイを攻撃しようと不用意に接近してきたら、それこそ一網打尽だ」

「それはちょっと……前提からして間違ってます。敵には我が軍のような脅威的能力をもつ潜水艦部隊はいません。もし長官がいま、在来型しかも未改修の伊号潜部隊しか持っておられないとしたら、同じ判断を下しますか？」

「ううむ……それはちょっと。下手をすると返り討ちにあいかねんな。やはり一時退却して、勝てる陣容で戻ってくるか」

「それが今のスプルーアンス提督の立場だと思います」

　敵の参謀長にここまで評価されているとは、当のスプルーアンスも思っていないだろう。

　それより問題なのは、米海軍の暗号が完全に解読されていることだ。

　そもそも鳴神武人には、令和世界の第二次大戦で使用された米軍暗号の情報が残らずある。その中には先住民の言語をもとにした特殊暗号の情報まであるのだから、時空の違う昭和世界といっても、ほんの少しの応用で完全解読するのはたやすい。

　しかも昭和世界で得た暗号情報は、令和世界に持ち帰って民間用だがスーパーコンピュータで分析できるのだから、これはもう解読できないほうがおかしいくらいだ。

むろん、何度も機密情報が漏れれば、米側もおかしいと気づく。

しかし現在はまだ、マリアナ沖海戦しか戦っていないため、米海軍も日本の情報を充分に確保していない。

この情報格差が、じつのところ昭和世界における日本のアドバンテージとしては最大のものなのだが、当の鳴神武人を含み、誰もがその重要さを軽視しているようだ。

たしかに情報が重要だとは言い続けている。

しかし言っている当人が素人未来人なのだから、どこか見当違いの認識をしている可能性もある。武人は令和世界では学者予備軍ではあったものの、ほとんど落ちこぼれに近い立場でしかなかったのだ。

それが世界が変わったからといって、突然にスーパーエリートの判断をできるはずもない。

これまで武人がボロを出さなかったのは、ひとえに超絶的な未来知識と技術が凄すぎて、その後光に隠れることができたからである。

「まあ……南雲さんがハワイを攻めれば、イヤでも出てくるだろうさ」

いま山本は、南雲がハワイを攻めると明言した。

すなわちハワイ攻撃である。

この世界では、真珠湾攻撃は行なわれなかった。

なのに、奇《く》しくも同じ機動部隊と同じ指揮官で、またもやハワイが攻撃されようとしている。

これを奇妙な歴史の符合と読み解けばいいのか、ただの必然的な流れと見るべきか微妙なところだが、実際に起こりつつあることだけは確かである。

三

一二月一三日朝　真珠湾

「もう、出せるだけ出したという感じだな」

　スプルーアンスの言う通り、これはマジックそのものに見えた。

　なにしろたった二日間で、戦艦四隻（ニューメキシコ／ペンシルベニア／アイダホ／アリゾナ）と軽巡一隻（シンシナティ）を任務部隊に追加し、再出撃が可能な状況にまで持っていったのだ。

　いずれも真珠湾で留守番（任務部隊未配属艦）や補修を完了したばかりの艦だが、少なくとも過去にスプルーアンスの指揮下で艦隊訓練を積んだことのある艦ばかりだ。

　これがなければ、いかにスプルーアンスであろうと再出撃はできなかった。

「まさかニミッツ長官が、海軍の常識をくつがえしてまで、ふたたび出撃なされるとは……さすがに思ってもいませんでした」

　いかにもびっくりしたといった表情で、ラルフ・E・デビソン参謀長が応える。

　彼の言う通り、なんとニミッツは太平洋艦隊司令長官という要職にあるにも関わらず、真珠湾にいる未配属艦をかき集めて第1任務部隊を仕立ててしまったのである。

　第1任務部隊も例に漏れず、過去にニミッツが任務部隊司令長官だった頃に艦隊訓練を積んだ艦ばかりで構成されている。同様に、南太平洋へ行ったハルゼー部隊も、過去にハルゼーが育てた艦ばかりだ。

　サンフランシスコへ引きもどされたフレッチャー駆逐部隊だけが、急造で仕立てられたものだった。

　こうして見ると、真珠湾にいる主力艦のほぼすべてを出した計算になる。

　合衆国海軍全体を見ても、じつに三分の一相当。戦艦に限ると三分の二にも達している。

　もう後には引けない状況……見栄も外聞もない状況というのがわかる。

「米本土の上層部でそう決まったんだろう。そうでなければ、ニミッツ長官の独断で行なえることではない。おそらく方面司令部長官の仕事より、海の上で戦うほうが重要だと判断が下ったのだ」

　それに今回の緊急出撃を可能とした最大の原因が、ニミッツ長官がかつて提案して実施された『太平洋艦隊総演習』にあるのだから、おそらくニミッツ長官は、今日という日が必ずやってくると確信して総演習を実施させたのだと思う。

　そう考えれば今回の素早い対応の功績は、すべてニミッツ長官にあるといえる。あまり言いたくはないが……退役なされたキンメル長官では、おそらく不可能だったたろうな」

　ひょんなことから、スプルーアンスによるニミッツ称賛が出てきた。

　とはいえニミッツもスプルーアンスも、いまではそろって敗軍の将なのだから、何も知らない者が聞けば傷口を舐めあっているようにしか見えないはずだ。

「……………」

　事情を知っているデビソン参謀長は、賢者の沈黙を守った。

　そうこうしているうちに、すでに湾外に出ているニミッツから通信が入った。

「ニミッツ長官からの通信命令です。今回の作戦では、総司令長官は設定しない。よって第17任務部隊は第1任務部隊に気兼ねすることなく、スプルーアンス長官の指揮下、独立運用することを命じる。第1任務部隊も同様に独立運用で動く。以上です」

電文を手にした伝令が、参謀長と会話していたスプルーアンスに気兼ねしたのか、手渡す前に内容を読み上げる。

電文は暗号化されていたが、指揮権の委譲以外、さして重要な内容にはなっていない。

これを見たスプルーアンスは、口を横に引き締めたまま言った。

「我々はいま野に放たれた。第17任務部隊、ただちに真珠湾を出撃する。出撃後はオアフ島北方海域を最重点警戒区域となし、オアフ島北端のカフク岬沖で警戒態勢に入る。以上、私の指揮下にある全艦に通達せよ」

「部隊参謀部は長官命令に従い、自分の担当範囲で任務を実行せよ」

デビソンが、長官命令を具体的な指示に置き変えつつ伝達していく。

それが終わると、かすかに聞こえる小声で告げた。

「敵襲のポイントを北部に限定してしまって良いのですか？」

これまた気兼ねしての質問だったが、スプルーアンスはいつもの口調で答えた。

「かまわん。ニミッツ長官は、たとえ出撃しても太平洋艦隊司令長官らしくはない。となれば、どうしてもハワイ全域をカバーして防衛戦闘を行なわねばならないと考えているはずだ。

それを可能とする地点は、真珠湾の南南西二〇〇キロ付近となる。随伴する空母が護衛空母のみとなれば、フォード島の海軍航空隊やヒッカム基地の陸軍航空隊の制空圏内に位置し、自身もあまりその場を動かずに迎撃戦闘に終始するしかない。

　これに対し我々は、あえて独立行動が許された意味を考えなければならん。第1艦隊と似たような位置で戦うのなら、ニミッツ長官の指揮下にいるのと同じだ。そう考えれば、我々は多少の危険を承知の上で、オアフ島の制空圏ぎりぎりとなる北方二〇〇キロ付近まで移動し、そこで索敵を実施すべきだろう。

　ただし航空索敵の範囲は、マリアナ沖海戦の教訓を生かすなら、圧倒的に日本側のほうが広いと見るべきだ。となると敵が我々を発見できた時点で、我々はまだ敵を発見できていない可能性が高い。

　だから悲しいことだが……我々は手持ちの航空機を偵察の主力に据えることはできない。となると手段は潜水艦による定点監視と、カウアイ島にいるカタリナ飛行艇による長距離索敵のみとなる。

　このうちカタリナは、すでにカウアイ島にある二ヵ所の水上機基地から、二機交代の総数四機が一二時間態勢で哨戒に出ている。しかし飛行艇による哨戒索敵は、夜間には行なえない。

　そこで夜間を重点的に、ハワイにいた稼動可能な潜水艦をすべて出して、ミッドウェイ近くまで調べている最中だ。もし敵艦隊がハワイに向かっているのなら、かならず潜水艦の索敵網に引っかかるはずだ。

　だが、潜水艦による定点索敵は、文字通り点による索敵のため、せっかく見つけても見失う可能性が高い。うまく次の潜水艦にリレーできればいいが、さすがに全海域をカバーできるほど数がいないので、おそらく見失うのは必然と思う。

　そこで我々は、潜水艦が点で発見した敵艦隊の動きを、想像力を生かして想定しなければならない。その上で夜明け後に、カタリナの哨戒でふたたび位置を特定し、最終的に自分たちの航空索敵範囲内で敵艦隊を確実にとらえる必要がある。

そうして初めて、護衛空母の航空隊を飛ばすことが可能になる。敵艦隊がこちらの攻撃半径外にいるとわかっていても、鈍速の護衛空母ではとても追いつけない。だから、あちこち動きまわるのは愚策となる。

諸君には苦しい戦いを強いることになるが、ここで我々が踏ん張らなければ誰もハワイを守れない。泣いても笑っても、第1任務部隊と我々しか敵空母部隊を阻止できないのだ。

いいな！　我々は暗殺者のように、事前に移動して身を隠し、ひたすら敵艦隊が現われるであろう場所で待ち構える。現われなければ、また敵の行動を予測して移動し、ふたたび待つ。それを忘れないでくれ」

たんなるデビソン参謀長の質問だったのに、スプルーアンスは戦艦ニューメキシコの艦橋にいる全員、とくに部隊参謀部員に対して訓辞めいた言葉を吐いた。

いや、それは間違いなく長官訓辞だった。

格式張ったことが嫌いなスプルーアンスが、出撃命令を下した後のちょうどいい機会だからと、さりげなく長官訓辞を行なったのである。

「通信参謀。いまの長官の言葉をまとめて、ただちに発光信号にて各艦に伝えてくれ。ちょうど真珠湾を出るため一列縦隊になっているから、列にそってうまく伝達が可能なはずだ。ただちに送ってほしい」

デビソンの要請じみた命令を、敬礼とともに通信参謀が受ける。

突貫で仕立てた部隊にしては、なかなか良い出だしになった……。

走っていく通信参謀の背を見ながら、デビソンは心の中でそう思っていた。

＊

同日、午後三時……。

場所はハワイとミッドウェイのちょうど中間地点——一一五〇キロ地点。

この海域にはハワイ諸島から連なる水面下の環礁がいくつかあるものの、海の上を見る限り、ひたすら大海原を示す『絶海』が相応しい場所となっている。

そこに潜望鏡だけ出した第二偵察潜水隊所属の伊二〇一が、機関すら停止して潜んでいた。

「周辺に敵影なし」

「よし、浮上だ。航空班、準備して待機しろ」

報告を受けた大野木《おおのぎ》雄馬《ゆうま》大佐は、やる気満々の気分を隠そうともせず、やや弾んだ声で命令した。

大野木は、第二偵察潜水隊の隊長と伊二〇一潜の艦長を兼任している。

近くには指揮下にある伊二〇二潜も潜んでいるはずだが、どのみち二〇一潜が浮上すれば、それを聴音と潜望鏡で確認した上で浮上してくるはずだ。

伊二〇〇型潜水艦は、伊一〇〇型と同時期に建艦された未来設計艦だ。

設計された時期が一九三六年のため、最新鋭の海淵型のようなティアドロップではなく、従来の伊号潜水艦の系譜となっている。

しかし在来型の伊号潜とは、ほぼ別物といっていい。

スキュード・プロペラ（スクリュー）の採用／免震用の高分子化学合成物質の全面使用／シュノーケルの採用／高張力鋼採用による潜航深度の増大／電装系の大幅な近代化／機関およびモー

ター近代化による大幅な出力増大など、この時期の世界最高水準を軽くオーバーバーする性能を持っている。

それでも海淵型にはかなわないのだから驚くばかりだ。

ただし伊二〇〇型には、海淵型にはない特徴がある。それは伊二〇〇型が航空潜水艦を踏襲していることだ。

伊二〇一潜にも、セイル前方に耐圧格納庫があり、甲板には艦首直前まで航空機射出カタパルトが延びている。

これらの特殊装備があるため安全深度は一〇〇メートルと浅いものの、二機搭載されている新型特殊水偵戦『洋嵐《ようらん》』は、フロートを着けたままで最高速度五〇〇キロ／航続距離一二〇〇キロを誇る高性能水上偵察戦闘機である。

この性能が代えがたいため、いまでも日本海軍の目として重宝されている。

また洋嵐は、緊急時にフロートを爆発ボルトで離断することが可能になっている。

そのため離断時にハ - 109改ターボ仕様の一六五〇馬力を全開にすれば、時速五八〇キロまでの増速が可能となり、着水時に機体を破棄しなければならないが危機脱出能力は格段に高くなる。

ちなみに離断時の帰還は、搭乗員二名がコックピットを抜け出して、自力で落下傘降下することになる。

これは極めて危険な脱出方法だが、最低でも一度は三座席仕様の練習機で経験済みのため、いざとなれば全員がパラシュート脱出を試みると考えられる。

「浮上完了。航空班は耐圧ハッチの解放を急げ。対空警戒班は配置について上空警戒を開始しろ。雷撃班は、一番／二番に装填準備態勢で待機。私と航空長はセイルトップに出る。副長、しばらく艦を頼む」

「了解」

潜望鏡位置にいた副長が、艦長代理としての任務を果たすべく艦長席のところへやってきた。

ちなみに航空長とは、空母部隊の飛行隊長のような立場の者を指す新名称だ。

たった二機しかいない潜水飛行隊のため、一番機の機長が航空長を兼任している。

「ふう……やはり外は気持ちがいいな」

セイルトップに上がった大野木は、隣にいる瀬《せ》田信次《たしんじ》航空長（中尉）に軽口を叩いた。

瀬田の後方、一段下がった位置には、丸く膨らんだ機銃座がある。

セイルトップからは潜望鏡やレーダーアンテナなどが林立していて見えないものの、そこには三名の機銃要員とともに三〇ミリ連装機関砲が天を睨んでいた。

「瀬田、無理はするなよ。どのみち夕刻には機動部隊から航空偵察機が出される。夜間は前進配置についている第二潜水隊四隻が索敵任務を引きつぐから、貴様の任務はその間の繋ぎなんだ」

「はい！」

気楽に行こうと言われた瀬田中尉は、どことなくほっとした顔になった。

ハワイの真珠湾まで一一五〇キロ……。

洋嵐の航続半径は六〇〇キロだから、まだ半分程度の距離しか索敵できない。

しかしその範囲内には、ミッドウェイ東方沖から逃げ出した敵艦隊がいる可能性が高いため、とても気楽には挑めない任務だった。

「洋嵐一号機、射出位置に設置完了！」

「そろそろだな。行ってこい」

瀬田の相棒である後部座席要員の遠藤辰徳《えんどうたつのり》二飛

曹は、すでに洋嵐一号機の後方で待機している。

いま洋嵐は整備員の手で、コックピット内に塗りたくられたグリスを拭い取られている最中だ。

とはいっても、短時間ですべてのグリスを除去できるはずもなく、洋嵐搭乗員はグリスまみれで任務を遂行するハメになる。

耐圧隔壁内に格納されていても結露は防げない。しかも塩気も存分にある。そのため徹底した防水処置が不可欠になるのは在来型航空潜水艦時代からの宿命だった。

これも任務の内と瀬田たちは諦めているが、交流のある空母飛行隊員や水上機基地隊員たちからは、『油漬けのイワシ缶詰みたいだな』と揶揄されている。

瀬田はセイル内の垂直タラップを降りると、セイル基部にあるハッチから外に出た。

そして一号機が設置されているカタパルト後部まで走ると、すぐに整備班が用意した搭乗タラップに足をかけた。

「一号機、出撃準備完了」

後部座席の遠藤を確認すると、大きく手を上げて合図する。

「甲板にいる全員、格納庫位置まで退避！」

作業全般を監視していた甲板長が、潮で錆びたドラ声を上げた。

「一号機、射出！」

――ドン！

火薬式のカタパルト射出が、盛大な音とともに実行される。

ふわりと浮かんだ洋嵐が、ターボの加給音が高まるにつれて急上昇していく。

「射出完了。ただちにハッチ閉鎖！　他の要員は艦内へ移動せよ」

航空偵察は、二機ある洋嵐のうちの一機のみを使用する。

　これは二機がローテーションを組んで、交互に索敵を行なうからだ。

「さて……」

　一人になった大野木は、あらためて伊二〇一の艦首から右舷中部、そして右舷艦尾方向を見た。

「この細長い艦形も、そのうちみんな涙滴型になっちまうんだよなあ……なんか寂しいなあ」

　大野木にとっては、在来型伊号潜こそが、『ザ・潜水艦』だった。

　最初に海淵型のずんぐりむっくりした艦形をみた時は、心底からがっかりしたものだ。

　しかし、そのうち海淵型の真髄がわかるにつれて、理屈では納得できた。

　それほど海淵型の性能は『超』がつくほどのものだったし、水上航行より潜水航行に重点を置いたドクトリンも、本来潜水艦にあるべきものだと感心したほどだ。

　それでもなお、醜いといっていい外見だけは馴染めない……。

　これをもし鳴神武人が聞いたら、大いに憤慨して怒っているところだ。

　武人にとっては、令和世界の最新型リチウム電池駆動潜水艦に至るティアドロップ艦のほうが見慣れたものであり、船型潜水艦なんぞ旧型のガラクタにしか見えない。

　しかしそれは時代がなす魔法のようなものだ。

　したがって、昭和世界の人間に無条件で通じるものではない。そのことが自己中心的な武人には理解できないだけである。

「格納庫ハッチ閉鎖、完了！」

　物思いに耽《ふけ》っているうちに、潜航準備が整ったらしい。

「甲板作業員はただちに艦内へ入れ。全員の艦内退避を確認後、潜航を開始する。私もすぐ発令所へもどる。以上だ」

セイルトップにある蓋付き伝音管にむかって、ごく普通の声でしゃべる。

この伝音管は特殊な構造になっていて、途中に耐圧仕様の隔壁が設置されている。そうしないと伝音管を通じて艦内へ海水が入ってしまうからだ。

では、肝心の音声はどうやって伝えるのか？

じつは、その隔壁に耐圧式のマイクが設置されていて、そこから先は有線方式で発令所へ通じているのである。

そのような回りくどい方式にせず、素直にセイルトップで、ソケット式のマイクプラグをさし込んで使えばいい。マイクに充分な耐圧能力を持たせられるなら、それすら必要ない。実際、令和世界の潜水艦はそうなっている。

だが伊二〇〇型が設計された時点では、塩害による腐蝕に長期間耐えられるソケットが開発できていなかった。そのため、中途半端な耐圧金属板を使ったスピーカー式マイクが採用されたのだ（海淵型はソケット式になっている）。

発令所にもどった大野木は、いつもの艦長兼隊長の仕事を再開した。

「伊二〇二、潜航します」

今回の射出も無事に終わった。

そう思うと、おもわず安堵の息が出る。

「まだまだ先は長いな」

一日に二度の定時通信連絡以外、外の情報を知る手段は限られている。

ひとつは潜望鏡深度まで浮上して、空中を飛び交う電波を傍受することだ。

安全を確保するため、傍受する時間は限られている。そのため、主にサイパン島から発信されている、潜水艦部隊向けの暗号無線電信による情報を聞くことになる。

当然、情報にタイムラグが生じてしまうが、現在の技術では圧縮バースト通信などは実現不可能なため、こと情報伝達に関しては在来通りとなっていた。

その限られた情報では、北天作戦がどこまで実施されるかわかっていない。

北天作戦は常識外れの作戦運用となっており、その最たるものが、各段階の成否によって、その後の作戦展開が枝分かれ式に変ることだ。最悪、作戦中止の選択肢もある。

そのため作戦がどの段階まで実行され、どういった結果になったか知らなければ、次の作戦にむけて動くことができない。

他の水上艦隊や航空隊は、ほぼリアルタイムで情報を得られるからいいが、潜水艦部隊だけはそうもいかず、結果的にタイムラグのある情報をもとに動くことになる。

これは、もしかしたら実施可能だったかもしれない作戦でも、タイムラグのせいで不可能になりかねないということだ。

これが潜水艦による作戦が主力作戦にならない最大の理由とされている。

「せっかく凄い性能をもらったっていうのに、ほかの理由で役立たず宣言されるのにはウンザリだが……まあ、やれる範囲でやるしかないな」

統合軍総司令部の見解では、これからは潜水艦の時代だと言われている。

たしかに横須賀鎮守府を出撃する時、そう言われた記憶がある。

しかし現実は、空母機動部隊を中心とした水上機動戦がメインとなっており、潜水艦部隊はお手伝い程度の参加に留まっていた。

「各部門の技術発展が、いまのところ格差があるせいですよ」

いつのまにか副長が横に立っていた。

「いつ何時でも潜水艦が簡単に通信できて、情報も随時入手できるようになれば、潜水艦部隊はいまの性能でもかなりのことができるんだけどなあ」

「ない物ねだりしても仕方ないですよ。それよりも、現状の潜水艦部隊でも独立任務に着く限りであれば、ほぼ艦長の言われることは可能と思いますが?」

定時通信連絡のみで、あとは独立して作戦を実施できる環境であれば、たしかにかなりのことができる。

そこで問題になるのは補給だが、部隊に潜水母艦がいれば、いったん後方の安全な海域へ移動すれば母艦から補給が受けられる。したがって、ほぼ行動距離や時間は無限大にまで拡大できるはずだ。

実際には乗員の疲労などで頓挫するだろうが、それでもやろうと思えば世界一周も夢ではない……。

そう考えた大野木は、持ち前の楽観主義で気分を持ち直した。

「そうだな。いまは戦争が始まったばかりだから、戦略より戦術に重点が置かれた作戦が実施されている。しかしそのうち、戦略的に優位にたつための局所における戦術的な勝利が必要になる場面が出てくる。その時こそ潜水艦部隊の出番かもしれないな」

「そう思って、いまは耐えて任務に勤しみましょう」

「深度八〇。予定深度へ到達しました」

二人の会話をさえぎり、操舵手が報告を入れる。

「進路変更。洋嵐の着水地点へむかう。ただちに実行しろ」

この命令も、前もって作戦行動として決められているものだ。

そうでないと指揮下にある潜水艦は、どこへ向かって行けばいいかわからなくなる。

細かい正確な事前命令の積み重ねが、自分の部隊を生き延びさせる。

そう信じている大野木は、口にする一言に念を込めるように、ゆっくりと区切って、すでに定められていた命令を発した。

四

一三日夕刻　ハワイ北西沖

「航空潜水隊の水偵戦、艦載水上機、空母艦爆による航空索敵、いずれも敵影なしです」

ここは第一機動艦隊旗艦の正規空母『赤城』艦橋。

それぞれの部隊の航空索敵機から届いた報告を、草鹿《くさか》龍之《りゅうの》介《すけ》参謀長がまとめて南雲忠一《ちゅういち》司令長官へ知らせにきた。

「なぜ、まとめて報告を？」

なにか気に触ったのか、ギロリとした目で草鹿を睨む。

「敵艦隊発見の場合は航空出撃の可否判断が必要となりますので、即刻お知らせすることにしていますが……そうでない場合は、長官が艦橋入りなされている場合、まとめて報告しても問題ないと判断しました」

どうやら南雲は、訓練通りに草鹿が動かなかったのが不満らしい。

草鹿は創意工夫を重んじているため、つねにあれこれ考えている。それが時として通常の手順を無視した行動となって現われる。

頑固者の南雲からすれば、これは良からぬ傾向に感じられるらしい。

「いろいろ考案するのは良いが、部下の全員が参謀長のように優秀なわけではない。時には工夫したつもりが改悪になる場合すらある。参謀長は皆の手本なのだから、そこのところはわきまえていて欲しい」

「承知しました。ところで……そろそろ陽が暮れますが、発艦態勢の解除は、予定通り日没後三〇分で発令なされますか？」

現在の南雲機動部隊は、正規空母四隻が二隻二列の複数縦列進行という、いわゆる発艦態勢で驀進している（発艦態勢の場合、合成風力との関係もあるが、おおむね二六ノットから三〇ノットまでの間の速度を維持する）。

なぜ発艦態勢なのかといえば、いま航空索敵を実施中のため、もし敵艦隊を発見したら即座に出撃させる可能性が出てくるからだ。ぐずぐずしていると陽が傾きすぎて、帰投するとき夜間になってしまう。

現在の日本空母は夜間の着艦に対応するため、飛行甲板に夜間誘導灯が設置されている。

だが、夜間に煌々《こうこう》と誘導灯を光らせて着艦作業をするのは、敵潜水艦のかっこうの的になってしまうから、なるべく避けたい……そう南雲は判断している。

発艦と着艦の時は、日本海軍が八年前から採用している輪形陣を崩すことになる。

基本的には護衛する艦が四方陣を組み、駆逐艦はいつでも自由に動けるよう、四方陣の左右に単列縦陣を組んで追走する。

この態勢は、航空攻撃されると脆《もろ》い。

全体が直進しているせいで敵に狙われやすく、攻撃されたら回避が間にあわないからだ。

そこで機動部隊は、なるべく発艦態勢を短い時間で終わらせるため、迅速な航空攻撃隊の発艦を促すのである。

「予定通りに行なう。解除後は、ただちに対空陣形へ……あ、いや、夜間対艦陣形へ移行する」

夜間は航空攻撃を受けない。

まだ日本海軍でも夜間の航空隊出撃は無理なのだから、技術力が劣る合衆国の空母部隊は絶対に夜間出撃してこない（令和世界の史実では、この時期に初めて夜間戦闘能力を与えられた米陸軍双発陸上戦闘機P‐61ブラックウィドウが登場したが、開戦時期が遅れた昭和世界では、まだ開発中と予想されている）。

夜間の対空陣形は無意味とわかりきっているのに、南雲はつい言い間違えてしまった。

「了解しました。あとは自分がやっておきますので、長官はお先に夕食を取られてください。長官がもどられましたら、交代で自分が食事にします。ああ、それと……食事の後、いったん就寝なされますか？」

「先に食事をとる。だが就寝はしばらくしない。貴様こそ、昨日からあまり寝ていないのではないか？　先に寝ていいぞ」

南雲と草鹿は五歳ほど歳が離れている。むろん南雲が年上だ。

しかし、一方を年寄り扱いするほどには離れていない。なのに草鹿は気を回し、なにかと南雲を年寄り扱いする傾向がある。

それが南雲は癪にさわり、つい言い返してしまった。

「明日からは本格的に敵の守備範囲へ突入しますので、寝たくても寝られない場合が出てくると思います。なので長官には、その時には無理にでも起きていてもらいますので、どうか今のうちに……」

「わかった。そこまで言うのなら、食事後にもう一度索敵状況を確認し、二二〇〇あたりで寝ることにしよう。明日は〇三〇〇に起こしてくれ。その時には、かならず貴様も交代で眠ることを約束しろ」

「……承知しました」

しっぺ返しされた草鹿が不満そうに返事をした。

現在時刻は、午後六時二分。

この時、南雲部隊の東方一一六〇キロに、ミッツ率いる第1任務部隊がいた。

スプルーアンスの第17任務部隊は、東北東一六八〇キロにいる。

いずれも索敵限界の外であり、米艦隊も同様、こちらの存在を察知していない。

まさに嵐の前の静けさだった。

＊

「うーん、おかしいなあ」

こちらは東京市ヶ谷の統合軍総司令部。

そこにある、お馴染み半地下式の航空機格納庫のような統合指揮所。

最上部にある『来賓室』で、椅子に座った鳴神武人が首をひねっている。

「なにか気になることでも？」

目の前にある書類が散らばった机に、専属秘書の有馬愛子が入れたてのお茶を置きながら聞いた。

「夕方の索敵で、少なくとも一個任務部隊は発見できるって思ったんだけどなー。南太平洋に、正規空母一隻をともなう一個任務部隊がいることは察知できたけど、ハワイにも東海岸から二隻程度の正規空母が回航されてるはずなんだけど……」

「あちら側に何か手違いでもあって、まだ空母は到着してないいんじゃないでしょうか？」

「かもなー。いくらスーパーコンピュータでシミュレートしても、人的ミスによる遅延は結果に反映されないからね。そこまでパラメータに組み込むと、それこそどんな結論でも可能性が出てきて、シミュレートする意味がなくなっちゃうから」

まさに、その人的ミスによる遅延が現実に発生しているのだが、ミスの原因を武人が察知していないため、それを変動要素として組み入れられないのだ。

ここらあたりがコンピュータ・シミュレーションの限界だ。これすら可能にするためには、それこそAIの技術が必要になる。

令和世界の軍事技術は、すでにその領域に到達している。

だが、民間人かつ専門分野ではない武人には無理だった（令和世界で金にものを言わせてAIの専門家を雇うという手もあるが、そうなると秘密厳守が難しくなり、昭和世界改変プロジェクトそのものが危うくなるとして、未来研究所の会議で却下された）。

「機械がお手上げでも、武人さんなら無限の想像力で、なにが起こっているのか予想できるんじゃありませんの？」

愛子は、なかなか武人の扱いに長けている。

気難しい引きこもり学者肌の武人は、ともかくおだてるに限るのだ。

「そうだなー。正規空母が間に合わなかったのなら、とりあえず護衛空母をかき集めて出撃するよなー。さすがに空母なしじゃ出てこれないから。

この時期の米護衛空母でハワイにいるのは、ボーグ級とサンガモン級のみのはず。となれば最大速度は一八ノット……なるほど、たとえ昨夕の段階で出撃しても、まだ想定地点までたどり着けてないことになる。

でも、現地はすでに夜だから、航空索敵は明日の夜明けまでできない。となると偵察潜水艦が頼みの綱だけど……潜水艦の現在位置はわからないし。ああっ！　イライラするなーもう！」

引きこもりオタクの特徴として、情報不足になると精神が不安定になることが上げられる。

これが一般人なら、自ら動くことで何か情報を入手できるかもしれないと思い、外に出ていくなどする。

だが武人に、その選択肢はなかった。

「打つ手がないのでしたら、予定通りに動くしかありませんね。ええと……」

愛子は胸に抱きしめている秘書ノートを開くと、なにやら調べはじめた。

「先行している機動艦隊群は、北方面が小沢治三郎《おざわじさぶろう》様の第二機動艦隊、中央が南雲忠一様の第一機動艦隊、南方面が井上成美《いのうえしげよし》様の第三機動艦隊となっています。

このうち第二と第三は、第一よりさらに先行していて、何かあった場合にたやすく包囲陣を組むことができるよう配慮がなされています。

対する敵部隊は、鳴神ノートによれば、中央部に敵の主力部隊が出てくるとなっています。もし二個部隊が出てきているのであれば、一個はオアフ島北方二〇〇キロ付近で待機し、何かあれば主力部隊を空母航空隊でカバーするとなっています」

鳴神ノートとは、未来研究所に提出されている『未来予測』ほどには正確度が高くない、まだ不確定な未来予測を箇条書きにメモしたものだ。

正式の未来予測は、機密扱いながら限定公開されている。これに対し鳴神ノートは、基本的に極秘の非公開となっていて、閲覧できるのは秘書の愛子だけだ。

その内容を、どうやら愛子は自分のノートに書き写しているらしい。

これは重大な秘守義務違反だが、なぜか武人は咎める気にはなれなかった。

「こっちが策を練ってるんだから、敵だって必死になって練ってるさ。しかも今回出てくる相手は、おそらくスプルーアンスかハルゼー、下手するとどっちも出てきてる可能性が高い。

二人は両極端の性格だから、攻めのハルゼーと守りのスプルーアンスがバッチリ組み合わさると、こっちの予想だにしない相乗効果が生まれる可能性がある。

そうなると面倒だから、どちらかを発見したら、すぐ全力で叩き潰す予定になってる。相手がハルゼーだったら読みやすいんだけど……でもあの人、行動を読みきってても、それを上回る突進力で突っこんでくるから、まごまごしてると正面から打ち破られるんだよなー」

武人がスプルーアンスを評価するのは理解できるが、ハルゼーにもかなりの評価を与えているのは驚きだ。

どちらかといえば、脳味噌が筋肉でできているいると思われがちなハルゼーだけに、武人にとっては軽蔑の対象になると思えるのだが。

「冷徹な鉄仮面と繊細な神経のブルドック……いい組みあわせだよなー」

ハルゼーを『繊細な神経のブルドック』と表現するところを見ると、武人は彼の本質を適確に見抜いている。

ハルゼーは、ただ突進するだけの馬鹿ではない。

誰よりも用心深く事前に行動を推測し、必勝の一手を入手して初めて、烈火のごとく突進するのである。

「ともかく……昭和世界の米指揮官が、令和世界のソレとあまり変わらないことを祈るしか……」

その時、統合指揮所全体に、耳障りなブザーの音が響きはじめた。

密閉空間になっている来賓室内にも、専用のブザーが鳴っている。

すぐに机の上にある、据え置きの指揮所内電話が鳴った。

「なにか起こったんです?」

武人に直通で電話できるのは、米内光政統合軍総司令部司令長官だけだ。

他の者は指揮所内交換所を通すか、横にある別の軍用電話機を使う決まりになっている。

『GF司令部からサイパン経由で緊急電信が入った。前方警戒中の第九艦隊第二攻撃隊に所属する攻撃潜水艦白淵が、西に移動中の敵艦隊を発見、雷撃六発を実施した。

白淵はいったん潜水退避して行方をくらましてから浮上、通信連絡してきたそうだ。そのため雷撃時刻から三時間ほどたってしまい、この時間の報告になってしまったらしい』

「それは仕方がありませんね。通常型潜水艦と違って、海淵型攻撃潜水艦は、敵を発見したらまず攻撃するよう命じられていますから。

で……戦果の確認はできてないと思うんですけど、念のため聞いておきましょう。報告は入ってますか?」

『いや……潜水退避中に命中音四発まで感知したものの、その後は水中雑音が酷すぎて判別不能になったそうだ。同じ目標に命中したかもしれないから、何隻に被害を与えたかもわかっておらん。

ただ、敵艦隊の位置だけは判明した。敵艦隊の三時間前の位置は、ミッドウェイ島から南東へ一三八八キロ地点。もっとも近い第一機動艦隊から だと、南東九五〇キロ地点となる。現在はオアフ島方面にむけて、一六ノットほどで移動中だそうだ」

電話の受話器を左肩で挟みこんだ武人は、器用な手付きで愛用のノートパソコンを開き、距離計算ができる某地図アプリを立ちあげた。

「あっちゃー。敵艦隊って、馬鹿正直にハワイから真西に移動したんですねー。ハワイから見るとミッドウェイはやや北西方向……時計の長針だと四九分あたりに位置するから、東南東に移動してた南雲機動部隊から見ると、南東方向にズレちゃってることになります。

そのぶん彼我の距離が開き、ぎりぎりで航空索敵半径の外に出ちゃってたんですね。でも……なんで白淵は、予定してた警戒区域から外れて行動してたんでしょう？」

「潜水艦の作戦行動は、基本的に艦長に任されている。戦隊規模で行動していても、索敵任務についたら個艦ごとにバラバラになるから、戦隊司令官では個々の行動を把握しきれなくなるのだ」

「なるほどねー。まっ、結果こそ不明だけど、なんらかのダメージを与えたことは確かなんですから、明日の夜明けが楽しみですね。さすがに今回ばかりは、被害を受けたからといって真珠湾に逃げ帰るわけには行きませんから」

「おお！　鳴神殿も明日朝が決戦日だと、予想されておられるのか⁉」

どうやら統合指揮所の指揮管制官たちの意見と、武人のそれが一致したらしい。

それを米内は素直に喜んでいるが、武人からすれば平凡な予測にすぎない。そのため、なぜ感銘を受けるのか理解できなかった。

「それじゃ、朝になってふたたび敵艦隊を捕捉できたら、第一と第三機動艦隊に対処してもらいましょう。現在だと、どっちかといえば第三機動艦隊が正面に近い位置になってますよね。

反対に第二機動部隊は北東へ進撃中のため、徐々に遠ざかっています。ならば初動の対処は第三機動部隊か……。ついでだけど、遠く離れてる第二機動部隊には、ハワイ北方に隠れてる別艦隊をあぶりだしてもらいましょう」

「了解した。ただちに統合指揮所の作戦運用に組み入れる。作戦予定の変更が完了したら、ただちにサイパン経由で連合艦隊へ送ることにしよう」

霞ヶ浦の超大出力送信所と高性能八木アンテナ群を使えば、ダイレクトに連合艦隊へ暗号通信を送ることも可能なはずだ。

それをあえてやらないのは、あまりに巨大な出力で送信すると、連合国側になにかあると勘繰《かんぐ》られる可能性があるためである。


「武人さん、来賓控室で仮眠なされますか?」

明日の朝までは、おそらく何も起こらない。

そう判断した愛子が、武人に睡眠を取るよう促した。

「ああ、そうしようかな。ところで君は、いったいいつ寝てるんだ? ここで合流してから、寝てる姿を見たことがないぞ?」

「あら、イヤですわ。わたくしめの寝姿なんぞ、武人さんに見せるわけないじゃありませんか」

ほほほと口元に手を当てて軽やかに笑う姿は、さすが華族のお嬢様だ。

「あ、いや、そういう意味じゃないんだが……」

なぜか武人のほうが、顔を赤らめている。

「私のことはお気になさらずに。それともお一人では眠れませんか? それならばご一緒してもやぶさかではありませんが?」

「ちょー!」

本気で武人は、脳天から声を出した。

かくして……。

否応なしに決戦の時は近づいていくのであった。

第四章　ハワイ沖海戦、勃発！

一

一九四二年（昭和一七年）一二月　ハワイ沖

クリスマスまであと一〇日ほどに迫った一四日。

しかしこの日、太平洋艦隊に所属する米将兵は、楽しみにしていたクリスマス休暇をのきなみ奪われることになった。

午前六時八分……。

オアフ島南西海上で、四隻の戦艦から水上索敵機をくり出そうとしていたニミッツのもとに、マスト右舷の上空監視員から報告が入った。

「伝令！　右舷上空四〇〇〇メートルに、敵のものと思われる艦上機一機を発見！　機影判別は不明!!」

飛んできた航空機は超低空で接近している。

これはもっと高度のある位置で米艦隊を発見したのち、確実な情報を入手するため低空へ降りてきた証拠である。

「発見されたようです。機影不明とのことですので、おそらく新型機でしょう。間違いなく、近くまで敵の空母が来ていると思います」

報告を聞いたウォルデン・L・アインワース参謀長（少将）が、すかさずニミッツに声をかける。

アインワースは少将なのに、いまは参謀長を任じられている。

それもこれもニミッツが、急に任務部隊を率いると言いだしたためだ。

ニミッツが大将のため、参謀長が大佐では釣りあわない。そこでしかたなく、アインワースに白羽の矢が立ったのである。

「直掩機は？」

「まだ出ていません。まず空母索敵機を出してからの予定になっています」

「そうか……ならば全艦、南東へコースを変更せよ。索敵機の射出は続行するが、回収ポイントが変わると思うので、参謀長は航空参謀と協議して早急に回収ポイントを設定してくれ」

艦隊がコースを変えるのだから、事前に設定していた航空機の回収場所も変更しなければ迷子になってしまう。

ただし、本来なら部隊長官がいちいち命じなくとも、転進命令を出すだけで後は参謀長なり各参謀なりが自分の任務として算段してくれるのが普通だ。

ここらへんのところが、最近はデスクワークが多くなったニミッツの失態であった。

「後手に回るとは幸先が悪いな。夜間に敵潜から雷撃を受けて、メリーランドの左舷やや後方に一発、軽巡サンディエゴに二発、駆逐艦二隻に一発ずつ食らってしまったことも、運が悪いでは済まされん。

しかも雷撃してきた敵潜水艦は、探知できたものの見逃すという失態をしでかしたのだ。これは不運というより訓練不足ではないか？」

夜間に食らった潜水艦からの魚雷によって、軽巡サンディエゴと駆逐艦二隻が沈んでしまった。

さすがにメリーランドは一発ごときで沈むことはないが、巡洋速度の一八ノットを保てなくなったため、用心して艦隊丸ごとオアフ島方面へ退避する決定をしたばかりだ。

「これまでのハワイ航路遮断といい駆逐部隊への

攻撃といい、ハワイ周辺には多数の日本潜水艦が隠れているようですね。

さらには、最初はウソかと思いましたが、敵潜が一〇〇メートルも潜航して爆雷攻撃を回避するのを目の当たりにしましたので、これはもう新型潜水艦が投入されているとしか考えられません。

日本の潜水艦は、明らかに我が軍の潜水艦の性能を陵駕しています。しかも大幅に。これが判明した以上、海軍の開発部門は大至急、爆雷の起爆深度の増大と、爆雷自体の耐圧能力の向上を達成し、ただちに実戦投入してもらわねばなりません。

長官には、それらを上層部に知らせ、事態を改善する責務があります。このままだと、いずれハワイ航路だけでなく、日本の潜水艦が出没する海域は、のきなみ輸送船にとっては海の墓場になってしまいます。

いくら我々がハワイに艦隊を集結させようと、ハワイ航路が寸断されれば補給が間に合わず、艦隊も動くに動けません。そこまで見越して、日本軍は真珠湾の燃料タンクを破壊したのだと思います」

アインワースは、ことさら心配症というわけではない。

なのに事態をかなり深刻に捉えている。

少しでも回る頭を持っていれば、一連の流れが長期的にハワイを干上がらせるためのものと理解できるはずだし、そこにアインワースが気づいて落ちこむのも、いまのところ効果的な対処方法がないためである。

「それについては、日本軍が使ったという投射型小型爆雷と似たようなものを、我が方も開発中だ。ヘッジホッグという名らしいが、迫撃砲弾に似た小型爆雷を円形になるよう多数投射して、面で敵潜を狩るらしい。

まあ、海の迫撃砲みたいなもんだな。発想自体はそんなに新しくないから、日本軍が先に装備してもおかしくない。

でもって一連の敵潜水艦の大深度潜航が報告されたことで、ヘッジホッグの耐圧能力を向上させる改良が行なわれるそうだ。もともとドラム型爆雷より耐圧能力は高いらしいから、感圧信管の限界深度さえ上げれば実用化できるらしい。

そういうわけで日本潜水艦の天下も、そう長くは続かんだろう。戦争とは攻める者と守る者のイタチゴッゴだ。どちらかが長期間にわたり一方的に勝利し続けるようなことはめったにない。

殺られて黙っているような合衆国ではないし、その能力も国力もある。合衆国が本気を出せば、そのうち必ず日本は倒せる。そう信じて、いまは持てる力で戦うしかないだろう」

どうしてもニミッツは、海の上で戦う軍人としては第三者的な言動が多すぎる。

地域で一番上の位について、やることといえば部下を評価することだけとなれば、どうしても第三者的な醒《さ》めた視線が必要になる。

いまも、その癖《くせ》が抜けきっていないようだ。

「部下たちには、殺られて黙っている云々《うんぬん》より後の部分だけ伝えることにしましょう。それで志気を向上させるには充分ですし、現状の認識もできますから」

さすがはアインワース、戦う者たちの心情をよく理解していた。

＊

同時刻……。

「空母『最上』の艦爆が、敵艦隊を発見しました！」

第三機動艦隊旗艦、正規空母『鈴谷』の狭い艦橋で、艦隊司令長官である井上成美中将に対して報告が行なわれた。

鈴谷はもともと最上型重巡だったため、かなり無理をして空母に改装された艦だ。

なるだけ飛行甲板を広く確保するため、艦橋すら異様に細長く設計されている。

それでも搭載機数は六〇機と少なく、全長も軽空母『天燕』型と一〇メートルしか違わないため、帝国海軍最小の正規空母という、あまり嬉しくない愛称が与えられている。

しかし実際は、正規空母扱いの改装空母である隼鷹型のほうが小さく、搭載機数も五八機（第一次改装後）と少ないのだから、この扱いはいささか可哀想だ。

ちなみに正規空母と軽空母の区分けは、実際のところ規定が曖昧だ。

以前は飛行甲板長で区分けしていたが、それも軽空母『天燕』型の登場で曖昧になってきた。そこで搭載機数を元にしようと勘案されたが、これまたあまり差がないとのことで却下された。

最終的には今後、逐次定義を見直すという前提で、大型で重くなった二式艦爆と二式艦攻を規定数搭載できるものを正規空母、それができないため旧型機を搭載するか規定数を減らさなければならないものを軽空母とすることになった。

この定義に照らせば、最上型空母は立派な正規空母だ。

今回の出撃に合わせて航空隊の交代が行なわれ、全機が新型艦上機シリーズに入れ代わっている。

ちなみに現在の帝国海軍では、空母に載せている艦上機の機種を変更する場合、機体のみを新型と交換するのではなく、飛行隊丸ごと交代することになっている。

新たにやってくる飛行隊は、充分に新型機で訓練を積んできた者たちのため、最小限の空母習熟訓練だけで実戦参加が可能になるのである。

　それまで旧型機に乗っていた者たちは、まず日本本土で新型機をあてがわれ、そこで飛行訓練を行なう。

　ある程度慣れてきたら、いま山口多聞たちが乗っている第四空母艦隊か、もしくは日本海にいる練習空母で離着艦訓練を行ない、ようやく実戦可能な飛行隊に変身するのだ。

　こうしておけば、主力空母が大量に沈められた令和世界のミッドウェイのような一大事が発生しても、熟練パイロットを一気に失うこともなくなる。

　これまだ未来研究所の提言に基づく措置だが、じつは素案となった考えは、武人ではなく、令和世界で仲間内の呑み会をやったとき、ネットショッピング会社『ネットバーン』の水島《みずしま》健一《けんいち》社長が、『そういえば……』と、ミッドウェイ海戦のことを口にしたことが発端になっている。

　なんでも武人関連の仕事をするようになってから、必要に駆られて太平洋戦争のことを調べるうちに、あれこれ旧陸海軍の欠点を見つけてしまったらしい。

　だから武人は水島のアイデアを、たんに未来研究所で検討させたにすぎない。

「第一次攻撃隊、発艦せよ」

　井上成美の命令は、つねに簡潔だ。

声も落ち着いていて、生っ粋の海軍エリートの風情が漂っている。

　今回出撃するのは、正規空母『鈴谷／熊野／最上／三隈』の四隻に所属する各飛行隊の半数となる。

　総数は一二〇機。

現在は位置秘匿のため無線封止をしているから、他の機動部隊や連合艦隊主力部隊と通信連絡はできない。

そのため他の機動部隊が敵の所在を察知できたか否かは、最上の艦爆が放った発見報告を傍受できたか否かにかかっている。

もし傍受できていても、第一機動部隊が出撃するかどうかは微妙なところだ。

第二機動部隊は距離があるため、なおさら無理。しかも、もう一個いると想定されている敵部隊を警戒しているから、今回は出撃を控える可能性が高い。

そう考えると、最悪だと自分のところの一二〇機のみになる。

第一機動部隊も参加すれば、一九〇機増えて三一〇機だから、かなりの戦力となるのだが……。

「我々だけの場合だと、もしかすると討ち漏らしが出るかもな」

命令を終えた井上が、隣りに来ていた航空隊長に声をかけた。

「敵艦隊に空母がいれば、真っ先に狙うよう命じてありますので、少なくとも空母は討ち漏らさないと思っています。

ただ相手が戦艦となると、たとえ五〇〇キロ徹甲弾でも中甲板装甲を確実に射貫けるとは限りませんので、頼みの綱は新型の八〇〇キロ貫通爆弾となります。確実に沈めるには、さらに艦攻の八〇〇キロ新型魚雷を多数射ち込む必要があります。

しかし半数出撃の場合、我々単独では、二式艦攻『狼星』は一五機しかいません。ですから全機が戦艦を攻撃したとしても、戦艦は最低四発ないと沈みませんので三隻が最大数となります。

よって敵戦艦が三隻以上いれば、ほぼ間違いなく討ち漏らしが出ます。さらにいえば、少なからずの艦攻が空母に雷撃を仕掛けると思いますので、ますます戦艦などの水上打撃艦を沈められる可能性は低くなります」

軽空母に毛の生えた程度の空母四隻で仕掛けるのだから、それなりの戦果しか期待できない。やはり第一機動部隊の助太刀が必要なようだ。

それは最初からわかっていることだが、改めて現実を見せつけられると、一刻も早く最新鋭かつ大型の白鳳型正規空母が就役し、第三機動艦隊にも大型空母が回ってくることを願わずにはいられなかった。

あくまで予定だが、今年の四月に着工した白鳳／蒼鳳が、来年一月に完成する。

それから就役まで三ヵ月必要だから、艦隊に配備されるのは来年四月になってからだ。

まずは第一機動部隊に配属となるだろうから、おそらく、いま第一にいる白龍／蒼龍が第二機動部隊に移籍するはずだ。

もしかすると大判狂わせで赤城／加賀が入れ代わる線もあるが、性能はともかく、赤城／加賀は『日本海軍機動部隊の象徴』のようになっているため、たぶん第一から動かせないと予想できる。

白龍／蒼龍が第二に行けば、第二機動部隊は白龍型で統一したいだろうから、第三に回されるのは金剛／霧島の二隻になるはず。

金剛型は戦艦改装型ながら搭載機数は八五機もある。

だから現在より相当の戦力増強が可能だ。

そして第三機動部隊を外されるのが、鈴谷／熊野／最上／三隈のうちの二隻となる。

この二隻は第四空母艦隊に配備されるが、その段階で護衛空母『海雀／沖雀／風雀／雲雀』が外され、晴れて第四空母艦隊は空母機動戦が可能な第四機動艦隊に名称が変更される。

この時点での第四機動艦隊所属空母は、最上型二隻／隼鷹／飛鷹／軽空母『天燕／海燕』となる……。

「まあ、やれることをやれば、それなりの結果が出る。もし討ち漏らしても、味方が殺られなければ二次／三次の攻撃が可能だ。総出撃数で稼げれば、たとえ戦艦が多数いても沈められる可能性はある。

さらにいえば、たとえ討ち漏らしても帝国海軍が比較有利になれば、それで勝利と判定されるだろう。なにも我々の任務は、米艦隊の殲滅ではないのだからな」

ここらあたりが現実主義者である井上成美らしいところだ。

「第一次航空攻撃隊、全機出撃を完了しました！」

航空参謀がやってきて、井上の隣りに航空隊長がいるのに気付き、怒ったような表情を浮かべた。

本来なら航空隊長は、指揮下にある鈴谷飛行隊の発艦をデッキで見送る手順になっている。それをすっぽかして長官の相手をしているのだ。

これは職務怠慢と誹られてもしかたがなかった。周囲に示しが付かないと思った井上は、すかさずフォローした。

「おお、すまん。航空隊長には、今後の出撃計画について説明してもらっていたところだ。第一次攻撃だけでは充分でないと想定されるため、必要なら迅速に第二次／第三次まで視野に入れなければならん。そのためには、一分でも時間が惜しかったのだ」

「そういうことでしたら仕方ありませんが……それなら自分も呼んで欲しかったです」

井上成美が、艦隊司令部の航空参謀より個艦の航空隊長を優先したため、どうやら僻んでしまったようだ。

「そうそう、他の機動部隊からも出撃したかどうか、ちょっと通信室に張りついて確認してくれないか。仔細が判明したら、ただちに私に知らせてくれ。これは最重要の任務だから貴様にしか任せられんのだ」

「は、はっ！　ただちに‼」

意外や意外、井上は口もうまい。

部下の扱いも一流だった。

「さて、今回は相手も用心しているだろうから、前回のようにはいかんと思うが……今回もまた失敗は許されない。圧倒的な軍事技術で、運すらくつがえすことができれば良いのだがな」

いくら理屈では大丈夫と思っていても、心の底によどむ不安は払拭できない。

これればかりは人間である以上、仕方のないことだった。

＊

カウアイ島を出撃した米海軍のカタリナ哨戒艇が、偶然にも航空隊を出撃させた直後の第三機動艦隊を発見した。

位置関係からして第一機動部隊が発見されていてもおかしくない状況だったが、どうやらニミッツの部隊が『敵索敵機に発見された』とハワイへ打電したせいで、カタリナは進路を変更してニミッツ部隊のいる西側海域へ直行したらしい。

この偶然の出来事が、どう今後に影響するのか……。

ただ、発見の報を聞いたニミッツが狂喜し、ただちに護衛空母から航空隊を発艦させはじめたことだけは確かである。

本来なら殺られる一方だったはずのニミッツ部

隊が、ようやく一矢報いることができるかもしれない状況が訪れた。なるほど喜びたくもなるはずだ。

反対に日本側にとっては、第一機動部隊が見逃されたという点で、こちらも運が良かったと言える。どうやら今回、運命の女神は双方平等に微笑んだようだ。

かくして夜のベールが消え去ると共に、決戦の時が巡ってきたのだった。

二

一二月一四日早朝　ハワイ西方沖

現地時間、午前七時四六分……。

発艦態勢から輪形陣に組みなおしたばかりのニミッツ艦隊に、日本の第三機動艦隊が放った一二〇機の航空攻撃隊が襲いかかった。

「狙って撃つな！　弾幕を張るんだ‼」

軽巡ホノルルの上甲板中央にある一二・七センチ単装両用砲の射撃指揮官――コンコード少尉は、雲霞のごとく上空に飛来した日本軍機に狙いをつけている部下を見て、慌てて叱責した。

たしかに訓練では狙って射てと命じた。

しかしそれは、『目標が容易に目視で追尾できる状況』という設定だったからだ。

いまのように一〇〇機をゆうに越える大編隊が飛来する状況など、訓練では想定されていなかったのである。

――ドン！

勇ましい音と共に、一二・七センチ対空砲弾が射ち上がる。

米艦艇には、まだVT信管は搭載されていない。

この世界の米軍が令和世界と同等の技術的進歩

だと仮定すれば、今年に試作品が完成し、来年一月に実戦配備されるはずだ。しかし開戦時期が違うため、遅れはしても早まることはない。

したがって、いま射ちあげた砲弾は従来型の時限式信管のみだ。

この信管は一定時間が経過すると起爆するもので、炸裂高度を時間で計ることで敵機のいる高度を狙うことができる。

ただし信管の高度設定をいちいち行なっていては戦闘にならないので、事前に炸裂高度を設定して、敵機がその高度にいれば射撃する方式となる。

ニミッツ部隊の高角砲は、訓練で設定した四〇〇〇メートル／三〇〇〇メートルになっている。高角砲を二群に分け、それぞれ別高度を割り当てて射ち漏らしを防ぐ方式だ。

やってきた日本軍機は、艦戦がもっとも高い四〇〇〇メートル、艦爆が三五〇〇メートル付近にいる。

敵艦戦は、こちらの直掩機を追い払うため高度を上げ下げしているし、艦爆はすでに急降下態勢に入っているため、すぐ三〇〇〇メートルの照準内に入ってくるはずだ。

しかし、もともと対空戦闘を重視しない軍事ドクトリンを採用しているため、なんと軽巡ホノルルには機関砲が装備されていない。

機銃として使えるのは、個々の水兵が手持ちで使うＭ１ガーランド小銃のみというから情けない状況である。

そもそも令和世界の合衆国海軍艦艇が対空装備満載になったのは、真珠湾で日本の航空攻撃隊にタコ殴りされたからだ。

対空防衛の重要さを悟った米海軍は以後、全艦種にこれでもかと対空装備を大量搭載しはじめた。

ということは、真珠湾攻撃がなかった昭和世界では、一九四二年の開戦に至るまで、まったく対空装備の強化がなされないまま推移していることになる。

これではとても、大幅強化された日本海軍航空隊には太刀打ちできない……。

「敵が多すぎます！」

対空砲の射撃速度は、機関砲に比べると泣けるほどに遅い。

ましてや両用砲では、普通の艦砲並みでしか砲弾を射ち出せない。

ホノルルが装備している両用砲は単装八門。軽巡にしては多い搭載数だが、機関砲がない現状、これだけで艦隊防衛を行なうのは土台無理な話だ。

――ガッ！

ホノルルが直衛している護衛空母スワニーに、敵艦爆の放った五〇〇キロ徹甲爆弾が命中した。

いまの音は、飛行甲板を爆弾が貫通した音だ。

やや遅れて、艦内で盛大に爆発が発生する。

――ズドドドッ‼

爆発音が連鎖している。

どうやら格納庫にあった爆弾か魚雷が誘爆したようだ。

――ズズーン！

ひときわ大きな轟音が響いた。

見ればスワニーの艦中央部に、巨大な火の玉が生まれている。

その火の玉は、周囲に黒煙を纏わりつかせながら、徐々に上空へと昇っていく。

火の玉の抜けたあと、一瞬だけ艦中央部が大きくえぐれたスワニーが見えた。

しかしそれも、えぐれた両側から噴き出た火炎と煙で見えなくなる。

そしてついに、艦首と艦尾が持ち上がり始めた。

スワニーが、中央部から二つにへし折れようとしている……。

絵に描いたような『轟沈』だった。

「たった一発で……」

コンコード少尉の声は、見てはならないものを見たといった風に、引きつり震えている。

いま彼は、ありえないと教えられてきた、『艦上機により轟沈される空母』を目の当たりにしたのだ。

たかが両用砲の射撃指揮官が、護衛空母の性能など詳しく知っているはずもない。

ゆいいつ聞きかじっているのは、花形とされる大型正規空母の性能くらいだ。

まさか自分たちが守っていた護衛空母が、そこらへんにある商船とたいして変わらない抗堪性能しか与えられていないなど夢にも思っていなかった。

「左舷前方、魚雷！」

上空に気を取られているうちに、こっそり敵の艦攻が忍びよっていた。

とはいっても、いかに両用砲でも射角をマイナスにして魚雷を狙うことはできないし、もしできても、いまから空高くそそり立っている砲を水平以下にまで戻すには、圧倒的に時間が足りなかった。

「おわっ！　魚雷の向きが変わった‼」

コンコードは、ふたたび信じられないものを見た。

ホノルルが巧みな操艦と加減速で、敵魚雷を前方へ回避したと思った瞬間、敵魚雷の雷跡がクイッとこちらに曲がったのだ。

「当たるぞ！　衝撃に備えろ‼」

砲塔のない剥き出しの砲座のため、コンコードたちを守るものはない。

砲を守る前盾さえないという潔さだ。

――ドゴ――――ッ！

爆発音と舞いあがる水柱の音が入り交じり、やけに長く感じられる。

靴底からハンマーで何度もぶっ叩かれるような振動。とても立っていられない。

膝をつければ、その膝を床の鉄板が叩き、下手をすれば骨折しかねないほどだ。

「うわ、うわわわっ！」

すぐに直下から、物凄い圧力と熱をともなった何かが吹き上がってきた。

コンコードが覚えているのは、そこまでだった……。

「空母スワニーに命中弾！　直衛していたホノルルにも魚雷が命中‼」

戦艦ノースカロライナにいるニミッツのもとに、次々と惨状が舞い込んできた。

「味方の直掩機は何をしている！」

思わず怒鳴るが、報告にきた誰も答えられない。

やや間があいて、航空参謀があたふたと走ってきた。

「護衛空母サンガモン／スワニーに所属する艦上機の半数は、敵機動部隊攻撃のため出撃中です。そのため艦上機のF4Fワイルドキャットも半数が出撃中です。よって直掩にまわせるのは半数の八機のみ。二隻あわせても一六機しか出ていません！」

ニミッツの指揮下にある護衛空母は、最新型のサンガモン級だ。

一九四三年になれば、英国支援用に大量建艦中のカサブランカ級が続々と完成しはじめるが、それでも令和世界における週間護衛空母とまでは至っていない。

理由は、陸軍予算の大幅増加で海軍予算が食われたからだ。

代わりにマンハッタン計画の一年停止で海軍予算を獲得したが、結果的に半年近く、全般的に建艦予定が遅れてしまった。

だから今ある護衛空母を失えば、米海軍はますます苦しくなる。

その頼みの綱……サンガモン級の搭載機数は三四機。

艦戦（Ｆ４Ｆ）一六機／艦爆（ＳＢＤドーントレス）一八機の構成で、飛行甲板長と空母発艦速度が足らないため艦攻は搭載不可となっている。

「上を見ても、ほとんどおらんぞ！」

直掩機と敵艦戦の戦いが発生しているため、両者の高度が劇的に下がっている。

この高度低下は、日本の艦戦の一部が、味方の艦攻隊を護衛するため海面近くまで降りたことにも起因している。

だからニミッツも肉眼で、日本の一式艦戦『紫電改』の勇姿を目の当たりにできていた。

「……んんっ？　機影リストにある艦戦と違うぞ？　新型か⁉」

さすがに気づいた。

紫電改は旧型となった九五式艦戦より一回り大きい。

自重も一〇〇〇キロ近く増えているが、そのぶんをカバーしても余りがでる大型エンジン――三菱ハ‐２１４改排気ターボ仕様を搭載している。

そのため総合性能も格段に向上している。

最高速度は六二〇キロと、初めて艦上機で六〇〇キロを越えた。

航続距離は二〇〇キロ短くなった二二〇〇キロだが、あまり問題ないと判断されている。

画期的なのは、陸軍の対地攻撃機と同じ仕組みの、プロペラ軸貫通型の三〇ミリ長砲身機関砲一門を搭載していることだ。

代わりに機首の機銃は廃止され、残りはすべて一二・七ミリ機銃に統一された。両翼に各三門、総数六門の強武装がそれである。

Ｆ４Ｆと比べると、全幅は四〇センチ、全長は八〇センチ、紫電改のほうが大きい。

これは数値より大きな差に見える。

ずんぐりむっくりの不格好なＦ４Ｆと、伸びやかな機能美を見せる紫電改を比べるのは、あまりにも酷というものである。

「Ｆ４Ｆでは、敵の新型艦戦に太刀打ちできません！　ほとんど落とされたと判断します‼」

航空参謀はうろたえるあまり、思ったままの感想を口にしてしまった。

まあ、それは事実なのだが、いま言ってはならない部類のものだった。

案の定、ノースカロライナの艦橋にいる部隊司令部要員の志気が大きく下がったように感じられた。

「守りきれんか……しかし今回は、我々も航空攻撃隊を出している。だから敵もタダでは済まない。せめて相討ちに持ち込んでくれれば……」

航空隊を送り出したあとのため、いまのニミッツには祈ることしかできない。

そうしているうちにも、被害報告は積み重なっていく。

「護衛空母サンガモンの飛行甲板に爆弾一発命中！　同時に左舷後方に魚雷一発命中‼」

「速度が低下していたメリーランドが、集中攻撃を受けつつあります！」

戦艦メリーランドは、敵潜水艦の雷撃でスクリュー一軸をやられ、最大で一七ノットまで速度が落ちていた。

そのため戦艦陣形を変更し、四方陣の左後方に位置させていた。

それがかえって、狙われやすくなる原因となったようだ。

「耐えてくれ。戦艦は、そう簡単に沈まない……」

マリアナ沖では絶対に沈まないと豪語していたのに、いつのまにか勢いが落ちている。

ここまで袋叩きにあったら、戦艦無敵神話にも翳《かげ》りが出るというものだ。

事実、ニミッツも『もしかしたら……』と考えるようになっている。

「メリーランドより入電！　推進軸すべてを雷撃で破壊され、航行不能とのことです。缶室および機関は無事ですが、スクリュー無しではどうしようもないとのことで、部隊陣形を外れつつ、引き続き対空戦闘を実施するとのことです‼」

メリーランドの艦長は、推進力を失ってもまだ戦えると考えているようだ。

皮肉なことに、推進軸を失っただけのため機関は普通に動いている。そのため発電機も正常に稼動しているせいで、その他の艦の機能は正常のままだ。

この事実が、まだ戦えると誤認させた要因になっているらしい。

しかも艦長は戦艦の無敵神話を熱烈に信奉する一人であり、航空攻撃ごときでメリーランドが沈むとは思っていないようだった。

だが……。

その情熱も信念も、立て続けに左舷の艦前部から後方へむけて命中した四発の魚雷と、第一砲塔付近の甲板に命中した八〇〇キロ貫通爆弾によって、ものの見事に吹き飛んでしまった。

――ドッ！

貫通爆弾の着弾音は低く鈍い。

二式艦爆『極星』には、通常の五〇〇キロ徹甲爆弾の他に、二〇機にだけ二式八〇〇キロ貫通爆弾が搭載されていた。

二式艦爆の最大爆装は八〇〇キロなので、本来なら徹甲爆弾も八〇〇キロを搭載して当然なのだが、今回の出撃に開発が間に合わなかったのだ。

現在、三式八〇〇キロ徹甲爆弾として開発されている新型爆弾は、新発想の二段起爆方式を採用している。そのため、主に起爆調整に時間がかかっているらしい。

これは爆弾内部を大きくふたつに分け、前方に一〇〇キロ成形炸薬と触発信管を、後方に七〇〇キロ高性能炸薬と遅延信管を仕込んだものだ。

戦艦キラーとして開発されているものだが、別途、将来登場するかもしれない装甲空母にも対応できるとされている。

まず甲板に命中したら触発信管が作動し、成形炸薬部分が起爆する。

これにより上甲板から中甲板装甲を打ち抜き、タングステンで覆われた高性能爆薬部分を貫通させる『道』を作る。

成形炸薬が溶かした『道』を、タングステン強化弾心部が強引に突き抜け、中甲板下で時限信管が作動、戦艦のバイタルパート内に甚大な被害を発生させる……。

この方式は、令和世界に実在する対艦ミサイルの一部に採用されているものだ。

令和世界の水上艦はいずれも弱装甲もしくは無装甲だが、それでも小型の対艦ミサイルでは威力が足りないと考えられ、なるべく艦の中心部で起爆できるよう二段起爆方式が採用されたらしい。

それを重厚な装甲を持つ昭和世界の艦船用に採用したのは、ある意味当然といえる。

だが、八〇〇キロ徹甲爆弾ほどの破壊力はないにしても、装甲を貫通して内部で炸裂する貫通爆弾も、この時代では驚異的な破壊力である（当然だが、いずれ貫通爆弾も二重起爆方式になり、さらなる破壊力を獲得する予定だ）。

日本の航空攻撃は、開始からすでに一〇分以上が経過している。

あちこちで被弾して煙を上げる艦が見える。

ニミッツの乗っているノースカロライナも至近弾二発を食らったが、まだ直撃弾がないのは奇跡に思えた。

「メリーランドが沈みます……」

ほぼ戦いも終わった頃、最後の一撃とばかりに悲報が届いた。

伝えにきたのは艦務参謀だったので、艦橋の外でメリーランドを見ていた誰かから報告を受け、わざわざ伝えに来たのだろう。

そうでもしなければ、戦列を外れて後方に置き去りにされたメリーランドを見ることはできないからだ。

「それは正確な情報か？」

思わずニミッツは聞きかえした。

「すでに艦体が回復不能なほど左舷へ傾いています。延焼も止まらないらしく、上甲板に開いた大きな穴から吹き出す煙の勢いが止まらないそうです」

「艦の傾斜……雷撃のダメージが大きいのか」

航空機に搭載する短魚雷では、威力が小さすぎて戦艦を沈めることは不可能……。

開戦前には、そうまことしやかに囁《ささや》かれていた。

むろんそれは米海軍の雷撃機が装備しているマーク13航空魚雷の話であり、超のつく高性能の日本魚雷のことではない。

マーク13航空魚雷は、令和世界では大戦末期まで改良され続けて威力も増大した。

だがこの時期はまだ初期型のため、トーペックス炸薬（高性能炸薬）も使用されておらず、その威力は平凡なものでしかなかった。

そのため戦艦の舷側装甲を打ち破る力も乏しく、開戦前の実験ではあまり芳しくない評価しか得られていない。

だがニミッツはいま、航空魚雷が戦艦を沈めるのを目の当たりにした。

まさに晴天の霹靂、目から鱗が落ちた瞬間だった。

「今からでは遅いかもしれんが……すぐハワイを通じて上層部へ情報を届けなければ。なんらかの対策をしないと、今後も被害が増えつづけることになる……」

もはや戦艦は無敵ではない。

そう確信したニミッツは、急いでアインワース参謀長を呼ぶと、一連の考えをメモさせた。

それが終わると、ただちにハワイの司令部へ打電するように命じる。

どのみち、第1任務部隊の居場所は見つかってしまったから、いまさら無線封止しても意味がない。そう思い、電波を発射する気になったのである。

さらにニミッツは、アインワースに尋ねた。

「航空攻撃隊が攻撃を終えたあと、どこかの陸上滑走路へたどり着けるか？」

とたんにアインワースの表情が曇る。

「敵艦隊の位置からもっとも近い滑走路はニイハウ島のブーワイ飛行場となりますが、そこまで四〇〇キロあります。しかしF４Fの帰還用燃料だと三五〇キロ、ドーントレスだと三八〇キロしか飛べませんので、計算上ではたどり着けません。

しかしながら、往路で燃料を節約できた機もあるでしょうから、一部はたどり着けると思います。

ここらあたりは祈るしかありません」

ニイハウ島は、ハワイ諸島の有人島では最西端となる島だ。

もっとも開発されていない島でもあるため、ゆいいつの居住地となっているブーワイに滑走路一本の飛行場があるだけである。

「では航空攻撃隊に、もどる空母がないからニイハウ島のブーワイ基地へ行けと緊急通信を送れ。同時にブーワイ基地に対し、万全の受け入れ態勢を願うと打電してくれ」

さすがは太平洋艦隊司令長官。

こんな時でも第三者的な冷静な判断を忘れていない。

ただし……。

結果的に護衛空母の二個航空隊でニイハウ島までたどり着けたのは、たった艦爆六機のみだった。

マリアナ沖とここで、立て続けに熟練パイロットを失った合衆国海軍は、その後、空母は完成しても搭乗員の不足により恒常的に苦しめられることになる。まさに地獄の幕開けだった。

三

一四日午前八時一六分　ハワイ西方沖

一方、日本側は……。

第一次攻撃隊から軽空母二隻撃沈／戦艦一隻撃沈の朗報が届き、第三機動艦隊はいま興奮のるつぼにあった。

しかしそれは、第二通信室に設置された対空レーダー監視班からの連絡によって、すぐさま水を打ったように静まりかえってしまった。

「東方向から航空機集団！　距離一二〇キロ。位置的に見て、敵空母部隊が放ったものと思われます‼」

正規空母『鈴谷』に搭載されている対空レーダーは、九九式甲Ⅱ型対空電探だ。

最新鋭の艦は零式対空電探になっているが、最上型空母はまだ改装されていない。そのため探知距離も短く、一二〇キロで発見できたのは上々と言える。

ちなみに無線封止は、航空攻撃隊が敵艦隊を攻撃しはじめた時点で解除されている。

現在の日本海軍は、何がなんでも無線封止して隠密行動するより、時期と場所と相手を考慮した上で、臨機応変にレーダーや無線を活用する方針に変わっている。

「対空戦闘、用意！　直掩機は充分か？」

命令を受けるため、参謀長以下が長官席の横に集まっている。

その中から井上は航空参謀を指名した。

「攻撃隊に半数の艦戦を出していますので、残っている数の半数を上げています。具体的には各艦五機ですので、総数は二〇機になります」

「少なくないか？」

一式艦戦の性能を信じないわけではないが、空母四隻を守るには足りないように思えたのだ。

「直掩機には集中的に空母を守らせ、他の艦は対空駆逐艦四隻と個々の対空装備で間に合わせます。なに、大丈夫ですよ。我々にはＴＴ信管と対空噴進砲があります。味方機への誤射さえなければ、充分に対処可能です」

たしかにＴＴ信管や対空噴進砲は、敵味方を選ばず威力を発揮する。

だから誤射を防ぐには、事前に対空射撃の守備範囲を厳密に定めておき、そこには艦上機の侵入を厳禁するしかない（敵味方識別装置は無誘導のロケットや砲弾には意味をなさない）。

訓練や事前のブリーフィングでしつこいほど言い聞かせているから、あとは実戦でそれを守ってくれることを願うばかりだった。

「ならば良いが……ともかく早く終わらせないと、航空隊が帰ってくるぞ。距離的にみて燃料はすこし余っているはずだが、傷ついている機もいるだろうから、一分でも早く降ろしてやりたい。そのつもりで奮闘してくれ」

一二〇キロの距離だと、敵機は一〇分ほどで上空に達する。

あまり時間もないので、参謀部にはこれで解散してもらい、個々の任務を遂行してもらうことにした。

「艦隊回避運動を開始しますか？」

日本海軍では空襲を受けた場合、個艦の回避とは別に、艦隊全体でも航路を複雑に変更することで回避運動とする、いわゆる『全艦連動回避行動』を実施することがある。

これは全艦が同時に同速同方向へ回避する単純なものから、先頭にいる艦群から順次回避する高度な時間差回避行動まで、その時の状況に合わせていくつものパターンがある。

今回は何としても空母を守らねばならないので、空母群は群回避運動に終始し、周囲の直衛艦はこれに追随、その回りの輪形陣を形勢する艦は、一部が空母の近くへ接近して対空射撃の密度を向上させる一方、残りの艦はそのまま輪形陣を保ち、一種の多重輪形陣に変化する『変則中心回避』となっている。

「ああ、始めてくれ」

戦闘が始まれば、長官の井上がやれることは少ない。

大半は部下たちの奮闘を見ているだけだ。

それでも神経を張り詰めていなければならない

のは、退艦命令や戦闘中止命令を下すタイミングを間違わないためである。

「敵機視認！　距離四〇〇〇。二段に分かれました！」

おそらく艦戦隊と艦爆隊に分離したのだろう。急降下態勢に入った艦爆にとって、味方艦戦がそばでうろちょろするのは邪魔にしかならない。

「味方直掩隊、敵艦戦隊にむかって移動します！」

空母群の直上と周囲は、対空射撃のため開けておく必要がある。

それもあって、早めに敵艦戦を潰す作戦らしい。

――ドドン！

井上の乗っている空母『最上』が、四基ある九八式一〇センチ六五口径連装高角砲を射ち始めた。

たちまち上空に、いくつもの爆煙が舞いはじめる。

高角砲の守備範囲は高度三〇〇〇メートル以上。それより下は機関砲の担当だ。

「射てーッ！」

艦橋の中段にある舷側スポンソンから、威勢のいい命令が聞こえた。

おそらく九七式一六センチ対空噴進砲座からのものだ。

対空噴進砲の守備範囲は一〇〇〇メートルから四〇〇〇メートル。

いわゆる中高度に濃密な弾幕を張ることで、急降下態勢に入った敵艦爆を阻止する役目を担っている。

それを可能にしたのが、ドップラー式電波感知を行なうTT信管だ。

これがあるから、噴進砲弾は低高度から中高度まで飛翔しつつ、いずれの高度でも起爆が可能になるのである（途中で起爆しなかった場合、設定最高高度の八〇〇〇メートルまで達して自爆する）。

最後に、飛行甲板左右の張り出しスポンソンにある九九式三〇ミリ連装機関砲四基が、盛大な音を立てて連射しはじめる。

連装四基では少ないように思えるが、これもＴＴ信管を使用しているため命中率は極めて高い。

これに連装高角砲四基や対空噴進砲二基が加わるのだから、空母一隻の対空能力も馬鹿にならないほどになっている。

さらには直衛の軽巡三隻に、ぐるりと近くを囲む対空駆逐艦四隻が、それぞれＴＴ信管付きの砲弾を射ち上げる。

こうなるともう、ＴＴ信管の餌食にならずに爆弾投下まで至るのは至難の業である。

しかし、何事にも例外はある。

「三隈の飛行甲板に着弾！」

それまで巧みに爆弾を回避し至近弾に納めていた空母三隈が、ついに甲板前部に一発を食らった。

飛行甲板の前部が被弾すると発艦（離艦）が不可能になる。

航空隊を着艦させたり格納庫へ収納するのは、後部エレベーターと舷側エレベーターを駆使すれば可能だが、発艦だけは甲板そのものを修復しないとできない。

甲板修復は未来研究所の努力がかない、『脱着パネル式飛行甲板修復法』が確立している。

これは飛行甲板を多数の金属パネル（甲板用特殊塗装済み）で構成し、被弾時はパネル単位で交換することで、極短時間かつ現場で修復を可能にするものだ。

欠点は倉庫に保管してあるパネルの数ぶんしか修復できないことだが、これは補給艦からいくらでも調達できるので、その場での修復に限度があるといった程度の不都合となっている。

それでも損傷の程度によっては修復不可能と判断されることもあるし、修復可能でも、程度によっては半日から数日かかるものもある。

たんに一〇枚程度のパネルが吹き飛んだだけで、構造材に被害がない場合は二時間ほどで修復できるが、そのような幸運はあまり多くないだろう。

「ダメコン班、ただちに作業開始！」

思わず、井上の口から珍しい言葉が漏れた。

なんとダメージコントロールの略語である『ダメコン』が、この場で使われたのだ。

井上は被害を受けた三隈を思うあまり、つい口にしてしまったらしい。

間違いなく、鳴神武人から未来研究所に伝授された『新語』だった。

「ただちに伝達します……が、個々の処理については、我々にお任せください」

あまり目立つことをしない長井《ながい》満《みつる》参謀長（大佐）が、思い余って釘を刺す。

長井は潜水艦畑出身の変わり種参謀だが、なかなか航空畑にも詳しいとのことで井上の女房役に抜擢された経緯がある。

「おっと、すまん。つい我慢できずに命じてしまった」

自分の乗る空母鈴谷もターゲットになっているのだから、口を出したくなるのもわからんではない。

しかし野放図にそれを許すと、今度は規律が守れなくなる。

そこを調整するのが参謀長なだけに、長井もいつものように長官の暴走を見ていられなかったようだ。

「敵機、攻撃を中止して帰投します！」

あまりに味方機の被害が甚大なことに気づいた

のか、爆弾を捨てて翼を翻す機が出はじめた。

それとも……。

時間的に見て、母艦となる護衛空母二隻が撃沈されたとの情報と、帰還先がニイハウ島に変更されたことを知った後だろうから、帰投する燃料を確保するため、さっさと逃げ出したのかもしれない。

「航空攻撃隊より入電！　あと三六分で帰投するとのことです‼」

「間に合った……」

思わず井上の口から安堵の声が漏れた。

空母一隻に被害を受けたものの、なんとか撃退できた。

残る艦の被害は不明なものもあるので、のちに集計されたものを見て今後の判断をしようと思った。

「とうとう第一機動艦隊は、航空隊を出さなかったな」

思いだしたように、井上は長井に聞いた。

「南雲長官は、何か思うところがおありなのでしょう。それとも敵の一個部隊なら、我々だけで充分とお考えなのかも。事実、見事に戦果を上げましたし、敵航空隊も撃退できたわけですし」

「三隈が被害を受けたんだぞ？」

「まったく無傷で撃退なんて願ってはダメです。完璧主義は、往々にして悲劇を生みます」

年下の参謀長に説教されてしまった。

返事に窮している井上を見て、すぐ長井が声を重ねた。

「出過ぎたことを言って申しわけありません。ともかく我々の作戦は始まったばかりです。南雲長官は、これから先のことを見通されて、この場は我々に任せられたのだと判断します」

井上を傷つけないよう、落としめないよう細心の注意をもって発言する。

それが参謀長としての自分の役目……。

そう長井の目が物語っていた。

＊

「井上長官から、空母三隈を離脱させ、サイパン経由で日本本土へ戻すとの連絡が入りました。それと同時に、空母一隻を戦力外にしてしまい、大変に申しわけありませんとのことでした」

本日未明に起床した山本五十六は、長官室へコーヒーとサンドイッチを持ってこさせると、手早く朝食をとった。

渡辺専任参謀が仮眠をとるため離れたので、交代として黒島亀人専任参謀を呼びつけ、いっしょに大和艦橋へ上がった。

そして通信参謀から、第三機動艦隊よりの通信連絡を受けたのは、長官席に座ってすぐのことだった。

「やったやられたは戦争の常、あまり気にするなと井上に伝えてくれ。今回の作戦では艦の損耗をある程度盛り込んでいるから、まだ空母枠には余裕がある。なにせ長い作戦だ、途中で何があっても対処できるように工夫されている。そう伝えてほしい」

これは山本が、井上成美を慰めるために言ったことではない。

作戦に余裕を持たせてあるのは事実だし、最悪一個空母機動部隊が全滅しても、なんとか北天作戦を続行できるよう周到に準備がなされている。

反対に艦船の余裕がないのは南天作戦だ。

あちらは艦隊決戦や空母機動戦を想定していないため、とくに空母と戦艦はギリギリしか与えてない。

だから、もし戦艦や空母に損耗が発生したら、最悪の場合、作戦中止になる可能性すらある。

それを避けるため、南天作戦は徹底した遊撃戦法で挑むことが決定していた。

「第一機動艦隊に、敵艦隊の追撃を命じられないのですか？」

側付きになったばかりの黒島亀人が、ぎろりとした目で山本を見た。

渡辺が常識的な参謀なのに比べ、黒島は海軍で一番の変人の異名を持つだけあって、ただ会話をしているだけなのに、まるで妖怪かなにかと対峙しているような気分になる。

「統合指揮所で未来研究所の助言があったんだ。なんでも、あまり敵艦隊を追いこみすぎると、とてもかなわないと怖じ気づいて真珠湾に引きこもる可能性が出てくるらしい。

我々としては、可能な限り敵艦隊には真珠湾を出てもらい、大海原の上で叩き潰したいから、この提案を受け入れたんだよ」

「なるほど……鳴神武人殿は、なかなかの策士ですな。私が瞑想で得た結論と、さほど変わらない路線を提示するとは……これは認識をすこし改めなければ」

直属上官の山本と会話しているというのに、もう黒島は半分、自分の世界に浸りそうになっている。

それを見た山本は、慌てて声をかけた。

「おいおい、いまは専任参謀の役目をきちんと果たしてくれ。作戦についてのアドバイスは、そのうち何か気づいたら、いつでも直接言ってきていい。だが今は、第三機動部隊の交戦が終わったばかりだから、まずは状況の把握と次の対処を最優先にしなければならん」

「それくらい承知しています。軽空母二隻……おそらくこれは護衛空母でしょうが、これをすべて戦力外とされた敵部隊は、昼間はハワイの陸上航空隊の支援下に入るしかなくなりました。

となれば我が方の艦隊がハワイの陸上航空隊の航続半径内に入らない限り、水上決戦を挑んでくることはないと思います。

ただし敵潜水艦は別です。水上部隊のひとつが昼間の行動を阻止される状況のため、代わりになる昼間の抑止力が必要になります。それは現状、陸上航空隊と潜水艦部隊しかありません」

さすがは天才、黒島亀人。

鳴神武人がスーパーコンピュータを使って予測した状況を、自分の頭脳と瞑想だけで導きだしていたらしい。

「やはり、そうなるか。となると……宇垣参謀長！」

「なにか？」

するりと黒島の背後に宇垣纏が現われた。

神出鬼没という点では、宇垣も充分に人間離れしている。

「鳴神予測では、敵にはもう一個、空母艦隊がいるとなっている。そちらは第二機動艦隊に対処させるとして、いまハワイ方面へ退却中の敵艦隊を深追いしないよう、井上に伝えてくれないか？

それと同時に、連合艦隊の全部隊に対し、最大限の対潜哨戒を実施するよう命令を出す。とくに南雲部隊と我が主力部隊、そして輸送部隊が潜水艦の攻撃にさらされる可能性がある。

もし手薄な艦隊がいれば、すぐさま主力部隊から支援を出せ。主力部隊が多少被害を受けても北天作戦に支障は出ないが、輸送部隊や機動艦隊が漸減されると問題が発生するからな」

輸送部隊は、高木武雄中将率いる第三艦隊を中心とした護衛部隊に守られているが、なにせ数が多い。

　とくに外洋能力を辛うじて与えられている大型上陸用舟艇（正式名称は一〇〇〇トン級甲種強襲輸送艇）や、民間の商船を調達しただけの兵員輸送船が問題だ。

　これらは大勢の陸軍将兵を乗せているにも関わらず、装甲は皆無。

　一発の爆弾もしくは魚雷で撃沈確実なほど脆弱な代物でしかない。

　海に不慣れな陸軍将兵を、フネの上で死なせてはならない。

　これは山本が作戦開始時の訓辞で、海軍がなによりも優先して実施しなければならないことと厳命したことだった。

「陸軍を乗せた艦船は、護衛部隊の駆逐艦／護衛駆逐艦／フリゲートでガチガチに守らせましょう。総数二六隻の専属護衛艦部隊になりますから、敵潜水艦に狙う隙は与えません。

　そのぶん第三艦隊とその他の輸送用艦船が防備不全となりますので、第一／第二／第三駆逐隊を丸ごと揚陸部隊の護衛に付けましょう。その上で第三水雷戦隊は前方に突出して、敵潜の囮になりつつ、夜間の敵水上部隊の急襲に備えます。

　それに……こちらには敵が想定していない伏兵がいますから、これを活用しないのは損です。それは第九艦隊の潜水艦部隊です。とくに第二攻撃隊の海淵型は、対潜水艦戦を完全に実施できる世界初の攻撃潜水艦ですので、彼らに敵潜水艦を駆ってもらいましょう。

　潜水艦による敵潜撃沈が本当に可能かどうか、実戦でテストする意味はあると思いますよ。私もぜひ知りたいですし」

　最後の一言で、すべてが台無しになった。

　黒島個人の好奇心を満たすため進言しているの

がモロバレだ。

「貴様を満足させるために戦争しているのではないが……それは今後の作戦運用にも直接的に影響するから、早いうちに実証しておくべきだろうな。

よし、次の定時連絡で、第二攻撃隊には敵潜駆逐の枝作戦を実施するよう命令を出すことにしよう。残りの第二潜水隊と第二偵察潜水隊は、引きつづき敵水上艦に対する索敵と、会敵した場合の攻撃をやってもらう。宇垣、うまく間に合うよう手配してくれ」

北天作戦の作戦予定にはない命令だが、もともと第九艦隊には、接敵したら迷わず攻撃するように命じてある。その目標が水上艦から潜水艦に変わっただけだ。

宇垣もそう理解したらしく、了承するとすぐ作戦参謀のところへ行き、この命令によって北天作戦に支障が出ないか算段しはじめた。

もし支障がないか軽微と判明したら、次の定時連絡で伝える命令に加えることになる。

なにかとごたごたしている長官席。

そこに天井から、第一通信室が発した艦内通達が鳴り響いた。

『こちら第一通信室、艦橋限定の連絡です。第二機動艦隊よりの暗号通信を受信。カウアイ島北方二〇〇キロまでの航空索敵を終了。敵艦隊は発見できず。

なお、カウアイ島所属と思われるカタリナ哨戒艇一機が、四キロほど離れた低空を飛行していたため、正規空母『霧島』の直掩機が撃墜した。

その際、第二機動艦隊の所在が敵に察知された可能性ありとのことで、第二機動艦隊は進路を北へ変更し、引きつづき警戒態勢を維持するとのことでした』

艦内通達は、たんに天井に設置されたスピーカーで一方的に伝達する方法となっている。

そのため艦橋から通信室へ何か言いたければ、別途、艦内有線電話か伝令を使って連絡しなければならない（有線電話の故障時には、艦橋後部にある伝音管を使用することも視野に入れてある）。

「本当にあと一個、敵空母部隊がいるのか？　もしいるとしたら、どこにいるのだ？　北に二〇〇キロ以上も離れるとは思えない。もしかするとオアフ島の東側に廻りこみ、島を盾にして隠れているのではないか？」

山本の矢継ぎばやの質問は、黒島亀人に対してのものだ。

これに対し、黒島は澱《よど》むことなく返答した。

「オアフ島の背後に隠れているとしたら、敵は、我々がハワイに対し陸上攻撃を仕掛けることを大前提にしていることになります。もっとも可能性が高いのは、こちらの上陸作戦実施時に航空攻撃を仕掛けることです。

しかし……まだ我が方の上陸部隊を乗せた輸送部隊は、敵に発見されていないと思います。その段階で、早くもハワイ本土決戦を想定するのは、かなり先走った判断ではないかと。

まともな海軍軍人なら、合衆国市民に計り知れないショックを与えるハワイ上陸は、なるべく回避したいと思うでしょう。となれば上陸以前、可能ならハワイ本土が攻撃を受ける前の段階で、我々の行動を阻止しようとするはずです。

このうちハワイ本土に対する攻撃は、すでに海淵型潜水艦五隻による対地ロケット攻撃で実行済みですが、あれはあくまで真珠湾に限定した攻撃のため、一般市民に対する衝撃度は大きくなかったと判断します。

それでも米太平洋艦隊の牙城を叩かれたのですから、メンツ丸潰れなのは確かです。となれば、ともかく一矢報いるために出てくる……それが第三機動艦隊と対峙した敵空母部隊なのでしょう。

　鳴神殿と未来研究所の予測では、ハワイには二個空母部隊を編成可能な護衛空母が、最大で八隻存在するとありました。

　もっとも……令和世界の史実によれば、この時期の米護衛空母は一二隻しかいませんので、ハワイには半数の六隻、多く見積もっても八隻が最大数だと思います。

　英本土防衛のため大量の物資輸送が行なわれていますので、その護衛のため必要ですからね。個人的には、ハワイに配備されているのは六隻と判断しています。

　そして真珠湾に引きこもっても安全ではないことが証明された以上、座して沈められるより討って出るほうを選択するのが海軍指揮官というものです。

　ということで私の結論は、第二の敵空母部隊は護衛空母四隻構成で、我々の目の届かない場所に潜んでいるが、それは消極的な位置ではなく、極めて積極的な位置……一歩近づけば我々を攻撃できる位置に潜んでいる。そう判断します」

　さすがに現況に対する予測は、日本本土にいる鳴神武人にも無理だ。

　なぜなら本土へ交戦状況が伝わるまでタイムラグがあるからで、それをスーパーコンピュータでシミュレートするためには、武人本人が令和世界へ戻らなければならない。

　そこでも時間が必要なため、最新の戦闘状況を踏まえたシミュレーション結果は、まだ連合艦隊には届いていないのだ。

　それをカバーするかのように、黒島亀人が予測してくれたことになる。

　これは山本にとって得難い助力であった。

「なるほど……そういう考えもあるな。となると、どこらへんにいると想定できる？」

「現時点では、一点に絞るのは無理です。敵もそう簡単に居場所をさらさないと思いますし、被害を受けて水上打撃艦構成になってしまった先の敵艦隊も、安易に別動の空母部隊と合流して所在を明かす愚は侵さないでしょう。

　そうですねぇ……ひとつは、オアフ島北方二〇〇キロより以北、遠ざかっても三〇〇キロ以内。この場所であれば、第二機動艦隊でもっとも足の長い一式艦爆の索敵でも、まだ届きません。

　今朝一番で発見されるのは敵がもっとも嫌なパターンですので、これは絶対に避けるはずです。すでに敵は今朝の航空決戦で、こちらの艦上機の攻撃半径をある程度は把握しているはずですからね。

　これらを新要素として勘案すると……もうひとつはオアフ島南南西三〇〇キロ地点。これはハワイの陸上航空隊の支援を受けられる限界点でもありますので、これより西や南は考え難いでしょう。

　そしてもうひとつは、昼間のあいだはオアフ島とモロカイ島のあいだの海峡に潜み、夜間に先の敵艦隊が水上艦で野戦を挑むため反転するのに応じ、明日朝の時点で第三機動部隊を殲滅するため、オアフ島南西一五〇キロ付近まで出てくる可能性です。

　これは夜間の水上決戦とペアで行なわれる作戦ですので、もし夜間の海戦が不発に終われば、水上打撃部隊のほうが反転退避し、海峡付近で合流して戦力を増強すると思われます」

「どれが一番可能性が高い？」

「いまの段階では、なんとも言えません。それに昼頃になれば、日本本土から最新の鳴神予測が届くはずですから、そこには確、率、付きで敵艦隊の想定位置が示されていると思いますよ」

自分より確度の高い予測をする鳴神武人に、黒島は一目置いているようだ。

そうでなければ、あの気難しい黒島が、あえて手柄を譲るはずがなかった。

「そうなのか？　ならば待つしかあるまい。その間は警戒を厳として、敵潜水艦のみを攻撃対象とするしかないか」

山本が言及しなくとも、真珠湾に所属する米潜水艦はイヤというほどいる。

それらの多くが、いまハワイ諸島の周囲で、絶対に一撃当ててやると意気込みながら潜んでいるはずである。

最大限の警戒をしながら隠密攻撃を狙っている姿は、ほとんど暗殺者のそれと同じだ。

その暗殺者を見つけだし、返り討ちにしなければならない。


言うはたやすいが、それは至難の技であった。

四

午前一〇時五二分　ハワイ西方沖

「右舷前方二六度、上方三〇度、距離五二〇メートル。速度五ノット。合衆国海軍に所属するT型潜水艦の海中推進音、ただし個艦識別は不能です」

第九艦隊（第二潜水戦隊）第二攻撃隊に所属する、攻撃潜水艦『龍淵』。

静まりかえった発令所に、聴音手のささやくような声だけが流れている。

「行けそうか？」

龍淵艦長の板子《いたこ》学《まなぶ》大佐が、同じく小声で質問した。

「敵潜へのターゲッティングには、最低でも味方二艦、願わくば三艦の協調行動が必要です。幸いにも第二攻撃隊が集団移動中だったため、残り四艦もさほど離れていない場所にいます。問題は、攻撃行動に移行すると、もう後には戻れないということです」

「かまわん。GF司令部から一〇〇〇《ヒトマルマルマル》に出された定時連絡で、積極的に敵潜水艦を駆れとあった。ならば実戦で訓練の成果を確認する絶好の機会だ」

「では、実施します」

聴音手がヘッドホンをずらし、音が耳に入らないようにする。

その格好で、隣りにいる能動探査手《アクティブソナー》に合図を送った。

──コーン！

耳に澄み渡るようなピンガーの音。

釣られるように、周囲の海中から同じピンガーの音が三回響く。

「やれやれ……旗艦の大淵以外、みんなやる気満々だな」

小さく笑いを浮かべた板子は、手だけで聴音手に合図を送る。

「水中位置計算装置、始動。ピンガー反響音、一……二……三……四。各方位、深度、自動入力……完了。出ました！」

簡単な電卓なみの機能だが、水中位置計算装置は、ピンガーの反射音を複数の聴音マイクで感知し、それがどの方向・どれくらいの深度からやってきたかを、音の時間的なズレを利用して三次元座標で数値化してくれる。

それが合計でピンガー四回ぶん出た。

それらのデータは組みあわされ、海中にいる敵潜水艦の位置を、ほぼ正確に浮かびあがらせることに成功していた。

「魚雷管制盤にデータ移送しました」

ここまでは聴音手の仕事だ。

すぐに魚雷管制盤にある『数字表示真空管』に、一連の座標を示す数字が表示される。

「データ確認。魚雷誘導装置に入力終了」

『一番魚雷に結線完了。発射準備完了』

この報告は、前部にある魚雷発射管室からマイクを通じて送られてきたものだ。

ちなみに魚雷を発射する操作は発射管室で行なうのではなく、あくまで発令所前方にある魚雷管制室で行なわれる。

「一番、発射」

すかさず板子が発射命令をくだす。

「一番、発射！」

魚雷管制盤の前にいる魚雷発射班員が、一番から六番まで番号が振られた赤い大きなボタンの一番めを押した。


——ゴッ！

圧搾空気の音とともに、『一式有線誘導式長魚雷』が滑り出る。

——コーン！

ふたたびピンガーの音がする。

応答するように、三個のピンガーが続く。

遅れて敵艦に反射する音が届いた。

「敵潜位置、把握良好。有線誘導装置、しっかり捕捉作動しています！」

思ったようにすべてが稼動しているため、つい聴音手も興奮した声を上げる。

一分二六秒後……。

——ズズン‼

腹に響く重低音が聞こえてきた。

「命中しました！」

「喜ぶのは、まだ早い。きちんと撃沈確認をしろ！」

浮かれた聴音手を、すかさず板子は叱責した。

「敵潜、沈降中……スクリュー駆動音、聞こえません。どうやら艦尾付近に命中した模様」

「敵潜、深度六〇。本艦と同深度です。なおも沈降中」

いま同深度ということは、龍淵は斜め上にむけて魚雷を発射したことになる。

これは、これまでの潜水艦にはできない芸当である。

「敵潜、深度七二……あっ！」

「どうした？」

聴音手の驚く声に、板子も思わず反応する。

「敵潜、圧壊しました！」

「七二メートルで圧壊だと？　魚雷による艦体の被害が酷かったようだな。もう少し持ちこたえると思っていたが……」

「こちら発射管室。一番ケーブルを切断します」

用済みになった有線ケーブルの発射管側の取り付け口で、結線していたケーブルを切断すると報告が入った。

切断するとケーブルは、解放されている発射口の外に延びているケーブルに引きずられ、すぐに発射管の外へ出ていく。結果的にケーブルは使い捨てになるが、敵艦一隻と引替えだから費用対効果は抜群である。

――コーン！

遠くからピンガーの音が聞こえてきた。

味方艦からのピンガーを示す、味方確認ランプが青く点灯する。これはピンガーの周波数を解析して味方確認する装置だ。

それを確認した上で、能動探査手がアクティブソナーを作動させる。

すぐに龍淵からもピンガーが放たれた。

「他にもいたか。どの艦が気づいた？」

「わかりません。まもなく識別信号が発射されますので、それでわかります」

先走った板子だったが、しっかり聴音手に釘をさされた。

「識別信号、確認。ピンガー初発を打ったのは旗艦の大淵です」

「隊長も送れてはならじと御参加か。まったく我が隊は、血の気が多い者ばかりだ」

板子の顔が、まんざらでもないと物語っている。

「新手の敵潜にむけて、大淵から魚雷一発が発射されました」

「外れた場合に備えて、二番を用意しておけ。それから、本艦の水中位置計算装置による敵位置特定も急げ」

誰かがカバーするだろうと考えて手を控えていると、全員がそうする可能性がある。

このようなポカミスで敵潜を逃すくらいなら、複数艦が同時にカバーの魚雷を発射したほうがマシだ。

結果的に魚雷の無駄遣いになってしまうが、敵を逃すよりマシである。

——ズン！

先ほどよりかなり小さいものの、あきらかな爆発音が届いた。

「命中した模様。先の敵潜圧壊による水中雑音のせいで、音響追跡が難しくなっています」

「追えるだけ追ってくれ。どうせ敵潜の近くにいる大淵が、しっかり追尾しているはずだ」

「了解」

しばらく聴音のため静寂が続いた。

「距離七〇〇メートル付近、深度九〇メートル前後で圧壊音！」

少し離れているため、さすがに正確な数値は出ないらしい。

それでも圧壊まで追跡できたのはさすがだ。

「周辺の索敵を続行せよ」

これで二隻を屠《ほふ》ったが、まだいるかもしれない。どのみち敵潜は、海中にいる自分たちを攻撃できないから、完全なワンサイドゲームである。

「周辺に機関音、推進音ともになし。ただし雑音過多により、聞き逃した可能性もあります」

「これだけ殺られたら、敵潜は恐怖に駆られて浮上するはずだ。なにせ攻撃してきた相手の正体が、まるっきりわからんだろうからな」

敵潜の艦長は、日本の潜水艦が雷撃してきたとは夢にも思っていないはずだ。

常識的に考えれば、水上艦による新型爆雷かなにか、ともかく未知の兵器によって攻撃されたと思うだろう。

もう少し頭が回れば、航空機に搭載されている対潜爆弾を食らったかと思うかもしれない。

しかしそうなると、ピンガーを複数打たれた事実が違和感となって残る。

ピンガーは水上艦でも射ってくるから、やはり駆逐艦かなにかが機関音と推進音を消した状態で、新型兵器を使って攻撃してきた……そう結論する。

相手が水上艦なら、潜望鏡深度まであがって雷撃するか、浮上して砲撃するか、さもなければ潜水して逃げるか……。

ともかく既存の潜水艦の戦法が使える。

いずれも電池式のモーターをフル稼動させて艦を推進させ、バラストタンクの海水を排水する轟音とともに浮上するはずだ。

「敵潜と思われる浮上音もしくは海中推進音、いずれもありません。聞こえるのは第二攻撃隊の推進音ばかりです」

「機関停止。精密聴音を行なう。それでも敵潜の気配がなければ、潜望鏡深度まで浮上する」

「機関停止！」

副長がすかさず命令を復唱した。

潜水艦が海中で完全停止することを『水中係留』という。

この状態でも、海流などによって艦は流されていくから、同じ位置に留まるという意味とは少し違う状態だ。

「味方艦以外、気配なしです」

一〇分ほど静かにしていたが、どうやら察知できる範囲に敵潜はいないようだ。

「潜望鏡深度まで浮上」

「了解！」

操舵手やバルブ操作員などの複数応答と主に、盛大に排水される音が響き始める。

やがて……。

「潜望鏡深度に到達」

「近距離無線電話を使う。アンテナ延ばせ」

セイル上部から、油圧で超短波用アンテナが延びる音がする。

その態勢で、数分間待機した。

「マイクをどうぞ」

副長が潜望鏡近くにフックで掛けられているマイクを取り、板子にさし出した。

「こちら龍淵。感度あれば応答願う」

『こちら大淵の梶尾《かじお》だ。周辺に敵潜なしのため、いったん第二攻撃隊は集合して今後の作戦を伝達する。よって全艦、俺の艦のもとに集合しろ。以上だ！』

すぐに返事が来た。

梶尾隊長らしい即断即決である。

「潜望鏡深度のまま、大淵のいる場所近くまで移動する。味方全艦の位置確認、できているか？」

潜水艦は浮上していない限り、聴音手が頼りの綱だ。

そのため発令所内でも、聴音手の地位はかなり高い。

「できてます。北西二六度方向、距離五八〇メートル地点。潜望鏡深度……あ、いいえ、大淵、浮上しました！」

どうやら事故を防ぐため、危険を承知で旗艦が浮上したようだ。

「微速前進、北西二六度。深度変わらず。急げ……旗艦を海上にさらす時間を少しでも短くせねば……」

海淵型は水中特化型の潜水艦のため、浮上すると雷撃以外なにもできない。

対空用の機関砲は搭載していないし、対空対艦両用の主砲もない。

だからもし敵の航空機に見つかったら、乗員が艦内から自動小銃を持ちだして対空射撃するしかなかった。

「大淵を確認！」

潜望鏡を覗きこんでいた副長が大声をたてた。

「機関停止、浮上！」

最後の数メートルを、ゆっくりと浮上する。

機関が止まったため、波による横揺れが始まった。

『こちら大淵の梶尾だ。これより隊長命令を伝える』

発令所のスピーカーから、梶尾進《すすむ》第二攻撃隊長の声が聞こえてきた。

音声無線通信の出力を最小まで絞り、敵に察知されないよう用心している。

『今夕までは対潜駆逐に専念する。よって第二攻撃隊は水中陣形を組み、まとまって北東へ移動を開始する。敵潜発見時の行動は、先ほどと同じだ。

日没後は敵艦隊が接近してくる可能性が高い。そこで蓄電池への充電を兼ねて、各艦の距離を開けて浮上航行する。敵水上艦もしくは敵潜発見時は、先ほど使った一式有線誘導魚雷ではなく、在来型の零式音響追尾魚雷を使用すること。

零式なら単艦でも対処可能だし、水中の敵潜もピンガーでおおよその位置さえ把握すれば、あとは魚雷が音響追尾で勝手に敵潜へ向かっていく。

むろん諸君も知っての通り、零式の対潜命中精度は四〇パーセント以下と低い。水上艦に対しては七〇パーセントだが、三次元で動く敵潜を追尾するには能力が不足しているのだ。

だから相手が潜水艦の場合は、深追いするあまり魚雷を無駄にしないよう気をつけろ。残魚雷が二発になったら、潜水母艦のところまで戻って補給せねばならんからな。これは時間の無駄になるから、なるべく先延ばしにしたい。いいな？』

いったん各艦の艦長から返事をもらうため、マイクのトークスイッチが切られた。


すぐに残り四艦の艦長が、次々と了解の声を送りはじめる。

それが終わると、ふたたび梶尾隊長の声が聞こえてきた。

『伝達事項は以上だ。明日までは対艦／対潜駆逐に専念する。明後日になると、いよいよハワイ本土に対して本格的な攻撃が予定されているが、それも敵艦隊の状況次第だ。よって予定が順延される可能性も高い。

その場合も、かならずGF司令部が定時連絡で伝えてくれるから、焦らずに目の前の任務をこなして欲しい。

ともかく我々には最低でももう一度、対地ロケット攻撃の任務が与えられる。その後は護衛艦隊の対地支援艦に引きつぐものの、奇襲攻撃だけは我々にしかできない。

だから責任は重大だぞ。それを肝に命じて行動してくれ。これにて通信を終わる。各艦、潜航して陣形行動をとれ。以上だ』

簡単には通信連絡できない潜水艦のため、梶尾はうざったいほど念入りに命令を伝えてきた。

それを板子と副長が、それぞれ鉛筆でノートにメモしている。

メモを終えると、すぐに命令を発した。

「この場で緩速潜航を開始する。旗艦が水中航行を始めたら、艦番号に従い、順次水中陣形を整える。あせって衝突などしたら末代までの笑い者になるから、各員とも充分に気をつけろ。以上だ」

潜水隊が水中陣形を組んで進む場合、かなり細かい部分まで手順が決められている。

まず衝突しないことが肝心なので、陣形を組むといっても各艦の距離は二〇〇メートル以上開けることが厳命されていた。

また水中陣形は水上艦のものと違い、三次元で構成されている。

第二攻撃隊が採用しているものは、四艦がX字型の頂点に位置し、Xが交差している場所に旗艦が位置するものだ。

しかもX字の上の二艦は先行し、下の二艦はうしろにずれる。

結果的に前後にも位置をずらす陣形になるが、これは迅速に水中回避運動へ移行できるよう配慮がなされているためである。

「さてさて……次の獲物はどいつかな」

獰猛《どうもう》な牙を与えられた海淵型潜水艦の乗員らしく、板子の口から物騒なセリフが飛び出てきた。

そう……。

もはや潜水艦は、海軍のお荷物ではなくなった。戦艦や正規空母すら喰い荒らす、海の怪物へ変身したのだ。

そのことを象徴するような今日の出来事だった。

第五章　決戦、そして。

一

一九四二年（昭和一七年）一二月　ハワイ近海

一六日午後四時……。

「見つからんか」

大和艦橋の長官席で、山本は今日何度めになるかわからない、ハワイ周辺の索敵状況を報告されていた。

一四日午前に発生した空母部隊同士による航空攻撃戦。

日本側も一隻の空母に被害を受けて離脱させることになったが、敵側は二隻の護衛空母すべてを撃沈され空母部隊ですらなくなってしまった。

そのため、居場所のわかっている第三機動艦隊に対し、夜間に水上打撃艦構成で突入して来ると予想していた。

さもなくば、敵水上艦部隊は後方へ退避し、夜のあいだに入れ代わりで、隠れていた敵空母部隊が前進、朝一番の航空索敵後に、ふたたび航空攻撃を実施してくる……。

これは日本本土から送られてきた鳴神予測でも、もっとも可能性が高いとなっていた。

そのため、朝になって何も起こらず、敵の索敵機すら飛んでこない状況に、山本以下の連合艦隊司令部全員が首を捻《ひね》る結果となったのだ。

その後も一五日夕刻まで、各部隊から航空索敵機がくり出され、潜水艦部隊も広域展開に切り変えて偵察任務をこなしたが、オアフ島から西へ二〇〇キロまでのどの海域にも敵艦隊の姿はなかった。

　こうなると連合艦隊は、三個機動部隊を突出させたままでは危ないと考え、昼間のうちはオアフ島から八〇〇キロの円の外へ移動させ、もしカタリナ哨戒艇に見つかっても敵に攻撃手段がない状況を作りあげた。

　なお連合艦隊主力部隊の位置は、さらに離れたオアフ島から西へ九〇〇キロ地点。輸送部隊と護衛部隊は九五〇キロ地点となっている。

「敵側の作戦勝ちですね。このまま待機している と、ますます我々のほうが不利になります。ここまで近づくと、カウアイ島のカタリナだけでなく、オアフ島からも飛んできますので、いずれ全艦隊の所在が露呈してしまうでしょう」

　面白くもないといった表情で宇垣参謀長が口を開いた。

「そうなっては、もはや作戦続行は無理だ。だからそうなる前に、作戦を先に進ませる必要がある。よし、一部の作戦を前倒しにする。皆、集まってくれ！」

　艦橋にいるGF司令部要員とGF参謀部員を呼び集める。

　皆が集合したのを確認すると、山本は長官席から立ちあがって話しはじめた。

「第一機動部隊と第二機動部隊は、これより真珠湾およびヒッカム航空基地、ハレイワ海軍基地、カイルワ軍港、ワイアナエの海兵隊基地および弾薬保管庫群の航空攻撃を実施せよ。爆弾が余った機は、すべてウィーラーにある予備滑走路の破壊にむかえ。

　第二次攻撃は、敵の航空隊の出方次第だ。予想外に味方航空隊の被害が大きければ、夜間にヒッカム航空基地とフォード島の航空基地に対し、海淵型五隻によるロケット奇襲攻撃を実施する。その上で、明日朝に第二次航空攻撃を実施する。

作戦実施中に敵艦隊、もしくは敵空母部隊の航空攻撃隊が出現したら、まず第一に敵艦隊の撃滅にシフトする。陸上攻撃の中止を躊躇してはならない。まずは敵艦隊を潰すことが先決だ。

これら一連の航空攻撃は、オアフ島の陸上航空基地と予備滑走路を壊滅するまで継続する。敵航空基地の壊滅を確認したら、次の日の夜に水上打撃部隊はオアフ島へ接近、艦砲および対地ロケット砲で西のカラエロアから真珠湾、さらにはヒッカム基地、そしてホノルル市街に至る沿岸部を徹底破壊する。

この頃までに敵空母部隊を潰しておかないと、日中の沿岸攻撃ができない。よって敵空母部隊が健在な場合は、沿岸攻撃は夜間のみとし、日中は機動部隊が交代で航空攻撃を行なう。

そして遅くとも今月二四日までには、真珠湾入口にあるエワビーチと、ホノルルのワイキキビーチに強襲上陸を仕掛ける。激戦が予想されるエワビーチ地区には陸戦隊二個連隊を投入し、敵海兵隊の反撃を未然に阻止する。

ワイキキビーチのほうは民間施設も多く市街戦となるため、陸軍の戦車連隊と擲弾歩兵連隊が市街地確保を迅速に行なう。

この時、のちに戦争犯罪に問われないよう、可能な限り民間人の被害を避け、どうしても市街地を攻撃しなければならないときには、事前に民間人へ退避勧告を行ない、そののち対地支援艦のロケット攻撃と戦艦主砲による砲撃で、短時間制圧を目指す。

当面の目標は、真珠湾の制圧と米太平洋艦隊司令部の占領、そしてホノルル市街地の制圧だ。時間がたてば、敵は守備範囲をハラワからオアフ島東部のカネオヘへ通じる主要幹線路の防衛に当てるはずだ。

この幹線が貫いている山岳地帯には、米軍の山岳要塞が構築されているとの情報がある。これを撃破しない限り、オアフ島の制圧もない。

なお南方はダイヤモンドヘッドの制圧までをめざし、北方はワイビオ地区までとする。それ以外は航空攻撃隊に任せ、オアフ島各地の港は主力部隊が砲撃で潰して回る。

これらの攻略を年内に達成し、その後は陸軍二個師団／二個旅団をもって徐々に制圧範囲を広げていく。

むろんこれだけでは戦力不足になるため、年内にサイパン経由で、いずれハワイ方面軍となる第三軍の先遣隊四個師団がやってくる。

第一／第二陸戦師団は、引きつづきワイキキビーチと真珠湾の占領任務に従事しつつ、陸軍の要請があれば、一部部隊を用いて内陸支援を実施する。

陸戦隊には苦労をかけるが、来年早々にも、交代の第三陸戦師団と台湾特別陸戦隊がやってくるから、それまでの辛抱だ。

以上が、これから年末までの作戦予定となる。むろん予定は未定だから、いろいろと変更される部分もあるだろう。変更されないのは、なんとしてもオアフ島を制圧し、太平洋艦隊司令部を壊滅させることだ。

いま言ったことは、あとで各部に作戦予定書として配布するので、メモは取らなくて良い。なおこれらの予定事項は、すべて最高機密となっているので、通信その他での連絡に内容を含めないよう厳重注意する。違反したものは重営倉だぞ。わかったな！」

居並ぶ連合艦隊の幹部に対して重営倉とは、山本も吹かしたものだ。

そんなことになれば前代未聞のことだし、実際に実行できるかも怪しい。

しかし長官が命令として下した事実は記録として残る。これが重要だった。

解散命令が出て、皆が自分の仕事に戻っていく。

やはり忙しそうなのは、航空参謀以下の航空攻撃隊と空母担当者だ。

これから世界の運命を決める航空攻撃が実施される。その準備だけに、熱が入らないといったらウソになる。

「第一機動部隊より入電。あと五分で発艦完了。出撃許可を願う。以上です！」

通信参謀が航空参謀に連絡を伝達し、その上で山本に裁可を願い出た。

「許可する。以後は南雲さんの判断に任せる」

「第二機動部隊より入電。我、発艦完了。出撃許可を願う。以上です！」

「許可する。以後は小沢さんの判断に任せる」

まだまだ裁可を求める声は尽きない。

次は艦橋スピーカーから流れてきた。

『こちら第一通信室。第三機動部隊より入電。これより艦隊護衛のための艦戦護衛隊を第一機動部隊へ送る。同時に艦爆一二機による長距離索敵を実施する。索敵機の帰投が日没後になるため、これより第三機動部隊は、艦爆収容のため後方へ退避する。以上！』

第三機動部隊は、裁可を求めるのではなく連絡のみのため、スピーカー連絡にしたようだ。

ここに来て山本の命令により、連合艦隊の全部隊が激しく動きはじめた。

「揚陸部隊の高木武雄中将より連絡！」

ＧＦ司令部に新規設置された陸軍連絡係の武官

が、並みいる幹部を見て、恐る恐る近づいてきた。

「連絡、御苦労。それで何を伝えにきたのだ？」

なるべく安心できるよう、山本の声が優しい声音になる。

「揚陸部隊は日没後、第三艦隊主体の護衛部隊とともに、いったん後方へ下がって防衛態勢に入るそうです。輸送部隊も一緒に下がる関係で、ひと声かけておくべきとの判断で報告したそうです！」

「はははっ！　いかにも高木さんらしい気のくばりようだな。まあ、これからしばらく、機動部隊と主力部隊は忙しくなるから、たしかに揚陸部隊の世話はできなくなる。作戦では一緒に行動することになっていたが、周囲に敵潜水艦もいなくなったし、ここは安全を見越して下がるべきだな。よし、許可すると伝えてくれ」

「了解しました。では！」

いかにも大役を終えたといった感じで、連絡武官が去っていく。

おそらく皆の迷惑にならないよう、その足で第一通信室まで行き、直接に通信連絡を頼むつもりだろう。

「……鳴神殿。いよいよ始まりますぞ。始めたら後には引けない。ここがルビコン河です」

誰も側にいなくなり、山本は長官席に座りなおしながら、そっと独り言を呟《つぶや》いた。

かくして……。

日本にとって天王山の戦いとなる『ハワイ制圧作戦』が、ついに始まったのだった。

（次巻に続く）

【巻末資料】

●艦隊編成（日本）

独立支援艦隊（山口多聞少将）

第四空母艦隊
正規空母　隼鷹／飛鷹
軽空母　天燕／海燕
護衛空母　海雀／沖雀／風雀／雲雀
軽巡　中津《なかつ》／揖斐《いび》／網走《あばしり》／糸満《いとまん》
駆逐艦　秋潮《あきしお》／冬潮《ふゆしお》
海〇一／〇二／〇三／〇四
護衛駆逐艦　空〇七／〇八／〇九／一〇
フリゲート　洋二一／二二／二三／二四／
二五／二六
対地支援艦　岬〇一／〇二／〇三／〇四／
〇五／〇六／〇七／〇八

南天作戦艦隊（近藤信竹中将）

1．護衛艦隊（近藤信竹中将）

第二艦隊
戦艦　長門／陸奥
重巡　羽黒／那智
軽巡　川内／神通／那珂
対地支援艦　八隻
駆逐艦　一三隻
第一〇空母支援艦隊
軽空母　雲燕／洋燕
護衛空母　晴雀／潮雀／緑雀／黄雀
軽巡　阿賀野／能代／五十鈴／夕張
護衛駆逐艦　六隻
フリゲート　六隻

第八艦隊（第一潜水戦隊／醍醐《だいご》忠重《ただしげ》少将）
潜水母艦　白鯨《はくげい》
第一攻撃隊　海淵／深淵／蒼淵／黒淵／静淵
第一潜水隊　伊一〇一／一〇二／一〇三／一〇四
第一偵察潜水隊　伊一／伊二

2. 揚陸部隊（高木武雄中将）

第五艦隊（高木武雄中将）
重巡　利根《とね》／青葉《あおば》／衣笠《きぬがさ》
軽空母　祥鳳《しょうほう》
軽巡　菊地《きくち》／姫路《ひめじ》／唐津《からつ》
駆逐艦　五隻
第二駆逐隊
対潜駆逐艦　時風《ときかぜ》／駆逐艦　四隻

輸送部隊
護衛駆逐艦　四隻
フリゲート　八隻
強襲揚陸艦　対馬《つしま》／壱岐《いき》
戦車揚陸艦　二隻
汎用揚陸艦　四隻
大型輸送艦　四隻
中型輸送艦　六隻
タンカー　二隻
兵員船　四隻
病院船　一隻

3. 上陸部隊（大森仙太郎《おおもりせんたろう》少将）

陸軍部隊（山下奉文《やましたともゆき》中将）
第六軍（山下奉文中将）

第六師団／第一四師団／第一八師団／
第二一旅団
第三一／七一戦車連隊
第三二／第七二砲兵連隊
第一二高射連隊
第三三対戦車連隊

陸戦隊（阿立義達《あだちよしたつ》少将）
第三／第四陸戦師団

航空隊（石黒広助《いしぐろひろすけ》少将）
ティモール航空基地
陸軍第八一航空隊
海軍第八一航空隊
海兵第二航空隊

4．陽動部隊（阿部弘毅《あべひろあき》少将）

第六艦隊（阿部弘毅少将）
軽空母　龍鳳《りゅうほう》
重巡　摩耶《まや》／鳥海《ちょうかい》
軽巡　阿武隈《あぶくま》／鬼怒《きぬ》／名取《なとり》／由良《ゆら》
駆逐艦　一〇隻
第一〇艦隊（小松輝久《こまつてるひさ》少将）
第一〇潜水戦隊
偵察潜水艦　伊二一／二二
巡洋潜水艦　伊五一／五二／五三／五五／五六／五八

第一一潜水戦隊
偵察潜水艦　伊三一／三二
巡洋潜水艦　伊一六／六一／六二／六五／六六／六七

北天作戦艦隊（山本五十六大将）

1. 第一打撃艦隊（山本五十六大将）

第一艦隊
戦艦　大和／伊勢／扶桑／山城
軽空母　瑞鳳《ずいほう》
重巡　妙高《みょうこう》／足柄《あしがら》
軽巡　遠賀《おんが》／菊地／松田《まつだ》／天神《てんじん》
駆逐艦　一四隻

2. 空母機動艦隊（南雲忠一中将）

第一機動艦隊（南雲忠一中将）
正規空母　赤城／加賀／白龍／蒼龍
軽巡　筑後／日高／菱田《ひしだ》／頓別《とんべつ》
対空駆逐艦　早潮《はやしお》／夏潮《なつしお》／初潮《はつしお》／春潮《はるしお》
駆逐艦　一二隻

第二機動艦隊（小沢治三郎中将）
正規空母　金剛／霧島／紅龍／飛龍
軽巡　高津《たかつ》／狩野《かの》／雄物《おもの》／夏井《なつい》
対空駆逐艦　満潮《みちしお》／引潮《ひきしお》／親潮《おやしお》／黒潮《くろしお》
駆逐艦　一二隻

第三機動艦隊（井上成美中将）
正規空母　鈴谷／熊野／最上／三隈
軽巡　球磨《くま》／多摩《たま》／木曽《きそ》
対空駆逐艦　夜潮《よるしお》／朝潮《あさしお》／浜潮《はましお》／沖潮《おきしお》
駆逐艦　一〇隻

3. 揚陸部隊（高木武雄中将）

第三艦隊（高木武雄中将）
戦艦　比叡／榛名
重巡　古鷹《ふるたか》／加古《かこ》
軽空母　白燕

護衛空母　赤雀／黒雀
軽巡　安平《あびら》／群山《こおりやま》
対地支援艦　岬一一／一二／一三／一四／一五／一六／一七／一八／一九／二〇
駆逐艦　六隻
護衛駆逐艦　八隻
フリゲート　一二隻
第三水雷戦隊
軽巡　大井《おおい》／駆逐艦　四隻
第一駆逐隊
対潜駆逐艦　島風《しまかぜ》／駆逐艦　四隻
第二駆逐隊
対潜駆逐艦　天風《てんぷう》／駆逐艦　四隻

第三駆逐隊
対潜駆逐艦　波風《なみかぜ》／駆逐艦　四隻
輸送隊
揚陸母艦　二隻
大型タンカー　三隻
中型タンカー　八隻
強襲揚陸艦　利尻／礼文《れぶん》
戦車揚陸艦　四隻
揚陸艦　四隻
大型輸送艦　六隻
中型輸送艦　八隻
弾薬輸送船　八隻
大型上陸舟艇　二〇隻
兵員船　一二隻
病院船　二隻

4．陸軍部隊／陸戦隊

第二軍（岡田資中将）
　第二師団／第八師団／第二二旅団／
　第八二旅団
　第四戦車連隊／第九戦車連隊
　第四砲兵連隊／第九砲兵連隊
　第三工兵連隊
　独立山岳機動連隊
第一／第二陸戦師団（大川内伝七中将）
　独立強襲水陸連隊
　独立強襲工兵連隊
　独立強襲戦車連隊

5．第九艦隊（第二潜水戦隊／田中頼三少将）

潜水母艦　黒鯨
第二攻撃隊　大淵／赤淵／白淵／龍淵／冥淵《めいえん》
第二潜水隊　伊一〇五／一〇六／一〇七／
　一〇八
第二偵察潜水隊　伊二〇一／二〇二

●艦隊編成（連合国）

1．第1任務部隊（チェスター・ニミッツ大将）

戦艦　ノースカロライナ／メリーランド／
　テネシー／カルフォルニア
重巡　ポートランド／アストリア
護衛空母　サンガモン／スワニー
軽巡　ジュノー／アトランタ／
　サンディエゴ／ホノルル
駆逐艦　一二隻

2. 第17任務部隊（レイモンド・A・スプルーアンス少将）

戦艦　ニューメキシコ／ペンシルベニア／アイダホ／アリゾナ
重巡　シカゴ／インディアナポリス
護衛空母　ボーグ／カード／コパヒー／コア
軽巡　ボイス／コンコード／オマハ／シンシナティ
駆逐艦　一〇隻

第3駆逐隊
軽巡　リッチモンド
駆逐艦　六隻

2. 第14任務部隊（F・J・フレッチャー少将）

第1駆逐戦隊
軽巡　マーブルヘッド
駆逐艦　六隻

第2駆逐戦隊
軽巡　トレントン
駆逐艦　六隻

3. 第4任務部隊（ウイリアム・ハルゼー少将）

戦艦　サウスダコタ／マサチューセッツ／アラバマ
正規空母　ホーネット
重巡　ウイチタ／ヴィンセンス
軽巡　コロンビア／デンバー／サンタフェ
駆逐艦　一二隻

●艦船諸元（一九四二年一二月現在）※一部抜粋

最上型正規空母

※重巡最上型四隻が小型正規空母に改装された。

同型艦　最上／三隈／鈴谷／熊野
全長　二一〇メートル
全幅　二六メートル
排水量　一万六五〇〇トン
機関　艦本式ギヤードタービン
一五万五〇〇〇馬力
速度　三二ノット
昇降機　甲板二基／舷側一基
装備　九八式一〇センチ六五口径連装高角砲
四基
九九式三〇ミリ連装機関砲　四基
九六式一二・七ミリ機関銃　一六挺
九七式一六センチ対空噴進砲　四連四列
二基
搭載　六〇機　九五式艦戦／九六式彗星《すいせい》艦爆／
九六式流星《りゅうせい》艦攻
電装　九九式甲Ⅱ型対空電探
九八式甲型誘導ビーコン
九九式甲型短波電信機
九九式甲型母艦航空無線電話

●対地支援艦『岬型』

※そもそもは陸戦隊支援のため計画された艦だが、その後、沿岸攻略支援を全般的に行なうために有効とのことで、陸軍支援にも使用する大前提で設計改良された。

※制海／制空権を保有する沿岸部において、小型ロケット弾を連続投射することで広汎な沿岸地域の制圧を実現する。
※支援に特化した艦のため、安価かつ大量建艦を最優先としたため、丙種揚陸艦の艦体を流用している（揚陸艦との違いは二〇％程度）。

同型艦　岬〇一／〇二／〇三／〇四／〇五／〇六／〇七／〇八／〇九／一〇（就役）
　岬一一／一二／一三／一四／一五／一六／一七／一八／一九／二〇（就役）
　岬二一／二二／二三／二四／二五／二六／二七／二八／二九／三〇（建艦中）
　岬三一／三二／三三／三四／三五／三六／三七／三八／三九／四〇（建艦中）

基準排水量　四二〇トン

全長　五二メートル
全幅　七メートル
主機　三菱重工ディーゼル直列八気筒
出力　二六〇〇馬力
速力　二〇ノット
兵装　三〇ミリ連装機関砲　一基
　一二・七ミリ単装機銃　二挺
九九式　一〇センチ三二連装ロケット弾
　発射機　八基
電装　一式丙型近距離無線電話

※一〇センチ近距離艦対地ロケット弾
全長　一五〇センチ
直径　一〇センチ
重量　二〇キログラム

射程　最大四〇〇〇メートル
（徹甲弾は二〇〇〇メートル）
弾頭　高性能爆薬六キログラム

海淵型攻撃潜水艦

※令和世界の海自潜水艦『うずしお型』を基本設計とした涙滴型潜水艦。
※あらゆる面で、昭和世界のこの時期の潜水艦を陵駕する性能がある。
※今後作られる潜水艦すべてのテストケースとなる艦。

艦名　海淵／深淵／蒼淵／黒淵／静淵
（一九四二年八月就役）
大淵／赤淵／白淵／龍淵／冥淵
（一九四二年九月就役）
険淵／鯨淵／塁淵／輝淵／回淵（建艦中）
雷淵／秋淵／駿淵／飛淵／潮淵（予定）
基準排水量　二〇五〇トン
全長　八六メートル
全幅　一〇メートル
主機　ディーゼル・エレクトリック
出力　水上四五〇〇馬力
水中七八〇〇馬力
速力　水上一四ノット／水中二二ノット
潜航　安全深度一八〇メートル／
最大深度二八〇メートル
兵装　一式六〇センチ長魚雷発射管
前部六門
魚雷　零式音響追尾式長魚雷
一式有線誘導式長魚雷

搭載　一式一六センチ多連装ロケット
　　発射装置　四基（四列四段・六四発）

※一式一六センチ中距離ロケット弾

全長　二四〇センチ
直径　一六センチ
重量　四八キログラム
射程　最大六〇〇〇メートル
弾頭　高性能爆薬八キログラム（爆砕榴弾
　　のみ）

一式中戦車『戦虎《せんこ》』
※ドイツ軍のパンターG型を撃破できる性能と抗堪力を求められた。
※装甲板の製造に全面的な鍛造成形技術が採用された。
※外側傾斜装甲と内側鍛造装甲のあいだに、成形炸薬弾対策として発泡セラミック板を挟みこんだ空間装甲を採用した。

設計　陸軍技術本部
製造　三菱重工
全長　八・八メートル
全幅　三・三メートル
全高　二・七メートル
重量　四六トン
エンジン　三菱V型液冷一二気筒二六・四リッター
　加給機　排気タービン式加給装置
　出力　七五〇馬力
最高速度　整地五五キロ／不整地四〇キロ
航続距離　三二〇キロ

装備　主砲　一式七〇口径八〇ミリ戦車砲
×1
機銃　一式二〇ミリ機関砲×1（車体）
一式一二・七ミリ機関銃×1
（砲塔上面）
装甲
砲塔前面　内側　一〇〇ミリ鍛造装甲＋一〇
ミリ発泡セラミック板
外側　二〇ミリ傾斜装甲板
側面　五五ミリ傾斜装甲
後面／上面　四〇ミリ装甲
車体前面　内側　八〇ミリ鍛造装甲＋
一〇ミリ発泡セラミ
ック板
外側　一〇ミリ傾斜装甲板
側面　五〇ミリ装甲
後面／上面　四〇ミリ装甲
通信　一式乙型超短波無線電話装置
（二四〇メガヘルツFM波八〇ワット）
一式乙型短波無線電信装置
（一二メガヘルツ短波二〇〇ワット）
乗員　四名（車長・操縦・砲撃・銃撃／
装填・電信）

一式駆逐戦車『撃虎』

※ドイツ軍のヤクートティーガー駆逐戦車を撃破できる性能が求められた。
※設計思想は一式中戦車と同様。
※噴進弾を使用可能とするため滑腔砲が採用された。

設計　陸軍技術本部
製造　川崎重工
全長　一〇・五メートル
全幅　三・五五メートル
全高　二・七メートル
重量　六八トン
エンジン　三菱V型液冷一二気筒二六・四リッター
加給機　排気タービン式加給装置×2
出力　九二〇馬力
最高速度　整地五〇キロ／不整地四〇キロ
航続距離　二五〇キロ

装備　主砲　一式七〇口径一二〇ミリ滑腔砲
×1
弾種　翼安定徹甲弾／成形炸薬弾／対戦車榴弾／一式誘導噴進弾

機銃　一式二〇ミリ機関砲×1（車体）
一式一二・七ミリ機関銃×1
（砲塔上面）

装甲　砲塔前面
内側　二〇〇ミリ鍛造装甲＋
二〇ミリ発泡セラミック板
外側　五〇ミリ傾斜装甲板
側面
内側　六〇ミリ鍛造装甲＋
一〇ミリ発泡セラミック板
外側　二〇ミリ傾斜装甲板
後面／上面　六〇ミリ鍛造装甲
車体前面
内側　一五〇ミリ鍛造装甲＋
一五ミリ発泡セラミック板

外側　一五ミリ傾斜装甲板
　側面　八五ミリ鍛造装甲
　後面／上面　五〇ミリ鍛造装甲
通信　一式乙型超短波無線電話装置
（二四〇メガヘルツFM波八〇ワット）
一式乙型短波無線電信装置
（一二メガヘルツ短波二〇〇ワット）
乗員　四名（車長・操縦・砲撃・銃撃／
装填・電信）

九八式携帯対戦車擲弾筒（通称『五八ミリ無反動砲』）
※令和世界のRPG‐7をコピーして改良した。
※RPG‐7より軽量化されている。
※弾頭はRPG‐16用の大口径弾頭を使用。

※各部にプレス鋼板と強化プラスチック素材が使用されている。
※当面は小隊装備として個兵運用されるが、新編成される対戦車連隊では分隊装備。

全長　九五センチ
重量　五・六キロ
砲弾　六〇ミリ成形炸薬弾
射程　八〇〇メートル
性能　垂直命中時九〇ミリ

陸軍一式双発対地攻撃機『天撃』
※九五式対地攻撃機が当座間に合わせだったため、本格的な攻撃機が開発された。
※対人／対戦車／対砲兵陣地に特化されている。
※低速かつ低空飛行が必須のため、機体とエンジンも専用となった。

※飛行艇のノウハウを利用するため川西飛行機に全面委託された。

設計改良　川西飛行機
　製造　川西飛行機
　全長　一六・五メートル
　全幅　二一・五メートル
　自重　一〇一八〇キロ
エンジン　金星改二二型
　　　　　SOHC空冷複列一四気筒三八リッター
　加給機　遠心式スーパーチャージャー1段2速
　出力　一九八〇馬力×2
最低速度　一六〇キロ
最高速度　四五〇キロ
最低高度　一〇メートル
対空時間　最大六時間
　武装　一式四〇ミリ二連装機関砲×1（胴体内下向き設置）
　　　　一式一二・七ミリ四連装機関砲×1（機首下向き設置）
　　　　一式一二・七ミリ二連装機関砲×2（上部旋回／後部旋回）
　　　　一式一二〇ミリ連装対戦車ロケット発射筒×2（胴体内下向き設置）
　爆装　二〇〇キロクラスター爆弾×4（翼下）
　　　　一式空対地爆雷散布装置×2（翼下）
　乗員　一八名

※一式四〇ミリ二連装機関砲
　機関砲弾は翼安定徹甲弾を使用。戦車の薄い上面装甲を確実に貫通できるよう八〇ミリの貫通能力を持たせてある。三名で運用。機関砲弾はローラーガイド方式で弾庫より直接給弾。搭載弾数

二〇〇発。

※一式一二〇ミリ連装対戦車ロケット発射筒

機体下部を貫通固定式に設置されている対戦車ロケット発射装置。米軍のバズーカ砲と同じ方式のため、ロケット弾の直径は一二〇ミリとなる。バズーカ砲と違うところは、砲筒の後部に装弾用のボルトアクション機構が設置されていることと、最後尾はバックブラストが機内に放出されないよう、干渉型エバキュレーターに続き、排気ダクトが機外へ導かれている。

ロケット弾は、発射されるまで落下防止ピンで止められている。発射方式は電気着火式。弾頭は成形炸薬弾／榴弾の変更可能。装弾は人力。機内サイドにある弾薬箱から給弾する。操作兵員は三名。対戦車／対人装備。

※一式空対地爆雷散布装置

翼下のハンガーに時限炸裂信管付きの爆雷ポッドが片側二本、両翼で四本設置されている。ポッド内には一基あたり二〇キロ航空爆雷二〇個を内蔵していて、投下すると空中で散布される。最大八〇個を同時に散布可能。対人／対陣地装備。

海軍一式艦戦『紫電改』

※次期主力艦戦として、九五式の欠点を解消した。

※米海軍のF6Fを圧倒できる性能が求められた。

※プロペラ軸貫通型の三〇ミリ機関砲を初めて採用した。

※紫電改となっているのは、設計ベースに令和世界の紫電改が用いられたため。

※ただし紫電改の設計は、あくまで基本コンセプトであり、実際はまっさらの新設計。

設計　空技廠
製造　中島飛行機
全長　九・六メートル
全幅　一二メートル
自重　二七五〇キロ
エンジン　三菱ハ・214改
SOHC部分液冷複列一四気筒五四・一リッター
加給機　排気タービン式加給装置
出力　二二五〇馬力
最高速度　六二〇キロ
航続距離　二二〇〇キロ（大型落下増槽使用時）
武装　零式一二・七ミリ機関銃×6（両翼）
一式三〇ミリ機関砲×1（機首プロペラ軸貫通型）
爆装　なし
乗員　一名

海軍二式艦爆『極星』
※次世代大型空母『白鳳型』に搭載予定の新艦爆。
※八〇〇キロ徹甲爆弾を搭載可能なように設計されている。
※二段式急降下フラップを採用。
※急降下時のVT信管による断片被害を想定し、エンジンおよび操縦席の徹底した防弾強化がなされている。

設計　空技廠
製造　空技廠／三菱飛行機
全長　一〇・三メートル
全幅　一一・八メートル
自重　二九八〇キロ

エンジン　三菱ハ‐214改
SOHC部分液冷複列一四気筒五四・一リッター
加給機　排気タービン式加給装置
出力　二二五〇馬力
最高速度　五八〇キロ
航続距離　二二〇〇キロ（翼下落下増槽×2使用時）
武装　零式一二・七ミリ機関銃×2（両翼）
九六式七・七ミリ機銃×1（後部旋回）
爆装　八〇〇キロ
乗員　二名

海軍二式艦攻『狼星』
※二式艦爆『極星』と同等のコンセプトで設計された。

※新型の一〇〇〇キロ魚雷もしくは一トン通常爆弾を搭載可能。
設計　愛知飛行機
製造　愛知飛行機
全長　一一・二メートル
全幅　一三・六メートル
自重　四三二〇キロ
エンジン　三菱ハ‐214改
SOHC部分液冷複列一四気筒五四・一リッター
加給機　排気タービン式加給装置
出力　二二五〇馬力
最高速度　五〇〇キロ
航続距離　二二〇〇キロ（翼下落下増槽×2使用時）
武装　九五式一二・七ミリ機銃×2（両翼）

九六式七・七ミリ機銃×1（後部旋回）
爆装　一〇〇〇キロ航空誘導魚雷もしくは一トン通常爆弾
乗員　二名

VICTORY NOVELS ヴィクトリー ノベルス

帝国時空大海戦（2）

全面戦争突入！

2021年10月25日　初版発行
2021年11月14日　2刷発行

著　者　　羅門祐人
発行人　　杉原葉子
発行所　　株式会社 電波社
〒154-0002　東京都世田谷区下馬6-15-4
TEL. 03-3418-4620
FAX. 03-3421-7170
http://www.rc-tech.co.jp/
振替　　00130-8-76758

印刷・製本　三松堂株式会社

ISBN978-4-86490-210-6　C0293